Une année étrangère

DU MÊME AUTEUR

La Chambre des parents, *roman, Fayard, 1997; Livre de Poche n° 31289*

Nico, *roman, Stock, 1999; Livre de Poche n° 15111*

À présent, *Stock, 2001; Livre de Poche n° 15426*

Marée noire, *roman, Stock, 2004; Livre de Poche n° 30363*

J'apprends, *roman, Stock, 2005; Livre de Poche n° 30824*

L'amour est très surestimé, *Stock, 2007, prix Goncourt de la Nouvelle; J'ai lu n° 8720*

Avec les garçons, *livre-DVD, avec Fabio Viscogliosi, Alphabet de l'espace, 2009*

Brigitte Giraud

Une année étrangère

roman

Stock

ISBN 978-2-234-06346-4

C'est au fond une aventure singulière que cette acclimatation à un lieu étranger, que cette adaptation et cette transformation [...].

Thomas Mann, *La Montagne magique*

Cela se passe dans le froid d'un hiver allemand. Je descends du train après avoir parcouru plus de mille kilomètres. Madame Bergen m'attend au bout du quai. Grande, grave et belle. Notre premier échange est bref et approximatif. Je ne suis pas sûre de comprendre tous les mots qu'elle prononce. Mais je hoche la tête en signe de bonne volonté. Je ne sais exactement pourquoi je suis là. Ce que je laisse derrière moi ne peut se résumer en quelques mots. Disons pour simplifier que mon dessein officiel est de perfectionner mon allemand, que je pratiquais au lycée comme première langue. Je suis là pour apprendre. Alors ne perdons pas de temps. J'y suis, consentante. Et dès le premier instant, malgré le sommeil qui me guette, j'apprends. J'apprends qu'on ne marche pas sur la glace en baskets. J'apprends que, malgré quatre heures d'allemand hebdomadaires depuis plusieurs années, je ne comprends pas une seule phrase en entier. Je pose mon bagage à l'arrière de la voiture, un minibus Volkswagen. Je souffle sur mes doigts gelés. Je n'ai pas dormi depuis vingt-quatre heures mais je suis jeune et pleine de ressources, comme aiment à le répéter mes parents. Cela se passe dans un port de la mer Baltique. Je viens d'avoir dix-sept ans.

Madame Bergen conduit doucement. Je fais des efforts pour ne pas m'endormir. Elle me pose une question dans laquelle je reconnais le mot « supermarché ». Je m'accroche à ce mot et acquiesce. Mais ce n'est pas vraiment une question, plutôt une information. Quand bien même je ne serais pas d'accord, je ne dispose pas d'assez de vocabulaire pour exprimer clairement, sans être désagréable, que je n'ai qu'une envie, c'est aller dormir. Madame Bergen s'étonne que je ne commente pas le paysage, nous franchissons une rivière dont elle me donne le nom, et je dis que « das ist sehr schön » (c'est très beau). Je ne sais pas si cela est beau, mais je n'ose rester muette. C'est surtout loin de chez moi. Et c'est très blanc aussi, les trottoirs, les arbres, le ciel. Nous longeons le port marchand. Madame Bergen me donne quelques explications en lâchant le volant. Je pense qu'elle me parle des conserveries dans lesquelles travaille un parent, mais je ne suis pas sûre, c'est en tout cas ce que j'imagine, un frère peut-être qui met des harengs en bocaux. À moins qu'il ne s'agisse de son mari, ou du frère de son mari. Nous remontons une ruelle en pente avant de nous garer sur le parking, presque vide, d'un supermarché.

Madame Bergen achète des tranches de foie pour le repas du soir, après s'être assurée que j'aime le foie. Bien sûr, je hoche encore la tête en souriant pour masquer l'inquiétude qui me gagne. J'ai peur de regretter d'être venue ici, manger des tranches de foie avec une famille que je ne connais pas, à des heures de train de la famille que je connais. Nous passons à la caisse et je porte le filet de pommes de terre ainsi que le pain de seigle. Il n'est que trois heures de l'après-midi et la nuit tombe déjà. Madame Bergen se réjouit que je fasse connaissance avec les enfants qui nous attendent à la maison : Thomas et Susanne, quatorze et neuf ans, c'est écrit sur la fiche que j'ai reçue avant d'accepter ma mission. J'ai hésité quand j'ai vu l'âge du garçon, mais j'ai décidé que cela ne changerait rien.

Je n'avais pas compris que la maison était hors de la ville. Nous prenons une voie rapide et roulons une vingtaine de minutes dans l'obscurité le long d'une forêt enneigée. Madame Bergen met la radio et me parle du résultat des élections. Je ne sais de quelles élections il s'agit mais je me promets d'acheter un journal dès le lendemain pour me tenir au courant de tous les détails de ma nouvelle vie allemande. Nous roulons avec les essuie-glaces et les phares sur une route humide et je mesure ce qui sépare le Nord du Sud. Nous nous garons devant l'entrée d'une grande villa, isolée près de la voie ferrée. Un chien pose ses pattes sur mes hanches, renifle mes chaussures et mes bagages, alors que les enfants restent assis devant la télévision. Je suis debout dans le hall d'entrée, les pieds mouillés et les yeux brillants de fatigue. Je suis Laura, jeune fille au pair, dans ma patrie provisoire pour six mois. Je commets probablement une erreur en venant vivre ici. Je ne le sais pas encore, mais je ne peux rien éviter de ce qui va arriver.

Ce sont les enfants qui me conduisent dans ma chambre, une petite pièce au sous-sol, en bas de l'escalier. Je voudrais demander d'où vient cette forte odeur d'essence, mais je n'ai pas tous les mots pour construire une phrase correcte. Alors je ne demande rien, je me contente de sourire et d'accepter ce qu'on me donne. Je pose mon sac sur le lit une place. Thomas ouvre l'armoire et me montre les rayonnages vides ainsi que le miroir accroché à l'intérieur de la porte. Madame Bergen nous rejoint et s'excuse pour les relents d'essence. Thomas gare sa mobylette juste au-dessus, à la hauteur du vasistas. En effet, à travers les motifs du rideau, je devine le deux-roues. Je dis : « Ja natürlich » (Oui, bien sûr) parce que je ne vois pas ce que je pourrais dire d'autre, suggérer que Thomas gare sa mobylette ailleurs, par exemple. Madame Bergen m'invite à visiter le sous-sol. Ici la buanderie avec une machine à laver et du linge qui sèche, là la chaudière, et face à ma chambre, ce qu'elle appelle la « Diskothek », une pièce entièrement revêtue de bois, un bar, des sièges hauts, une banquette et une petite piste de danse.

Je ne sais quoi faire après avoir mis mes vêtements dans l'armoire et installé mon minicassette sur la table de nuit. Le plus simple serait de me glisser sous les draps et de m'abandonner à la mélancolie qui me gagne. Mais j'ai peur de me laisser aller. Je ne dois pas rester immobile. J'ouvre la porte de l'armoire et je suis face au miroir, assise sur le petit lit. Je ne comprends pas comment j'ai pu me couper les cheveux aussi affreusement avant de partir. Mèche après mèche dans ma chambre française, j'ai taillé si court qu'on aperçoit mon crâne. Je n'osais plus sortir et croiser ma mère. Elle m'a demandé, avec un genre de pitié dans les yeux, pourquoi je voulais à ce point m'enlaidir. Là, devant le miroir de ma chambre allemande, je me rends compte que ma mère n'avait pas tort. Demain j'achèterai du gel et mettrai un peu d'ordre dans ma nouvelle tête. Je ne sais si je dois regagner le salon où les enfants regardent à nouveau la télévision, si je dois aider madame Bergen à la cuisine. Je monte l'escalier au moment où monsieur Bergen fait son entrée. Il est à peine six heures, et nous passons bientôt à table.

Tout le monde parle. Beaucoup. Vite. Fort. Je m'agrippe à quelques mots qui me mettent sur la piste. Puis je perds le fil, dérive avant de revenir *in extremis* dans la conversation. Je dois faire répéter les questions deux fois, je fronce les sourcils en même temps que je regarde fixement monsieur Bergen quand il veut savoir si je n'ai pas peur de me lever tôt. Les enfants doivent être à l'école à sept heures trente, et c'est moi qui accompagne Susanne. Madame Bergen met dans mon assiette la plus grosse des tranches de foie, avant que j'aie osé protester, et je sais que manger cette tranche de foie me sera impossible. J'ai deux problèmes insolubles dès le premier repas, venir à bout de l'énorme escalope dont l'odeur m'indispose et assimiler le grand nombre d'informations qu'on me donne pour le lendemain. Une autre inquiétude me gagne : chacun doit se demander qui est cette fille quasiment muette, dont le faciès imbécile se contente de sourire, interrogeant du regard les uns et les autres, cette fille manifestement empêchée, dépassée par les événements, une gentille fille probablement, puisqu'elle caresse le chien tout en chipotant avec sa viande, mais une pauvre petite à coup sûr, dont l'étrange coupe de cheveux trahit un dérangement certain. Je me lève pour proposer de l'aide à madame Bergen, piétiner avec elle dans la cuisine, mais elle m'engage à me rasseoir aussitôt, m'exposant aux questions des enfants et aux recommandations mystérieuses du mari, qui, comble de malchance, roule les *r*. Je veille à ce que l'attention se détourne de ma tranche de foie mais chacun insiste au contraire, riant de mon manque d'appétit. Monsieur Bergen en oublie d'essuyer le gras accroché à sa moustache. Chacun s'amuse, le volume monte d'un cran. Les parents débouchent leur deuxième bière et allument des cigarettes. Les enfants jouent avec le chien, qui jappe sans que cela dérange personne. Chacun entre en scène, crie plus qu'il ne parle et j'ai peur de ne rien savoir de ce qui m'attend demain. Tout le monde a quelque chose à raconter, mais personne n'écoute personne. Personne ne me demande qui je suis, d'où je viens, et pourquoi je suis chez eux plutôt que chez moi.

C'est Susanne qui frappe à ma porte à six heures du matin, et j'ai l'impression qu'elle interrompt une nuit qui aurait pu durer toujours. La chaudière près de ma chambre souffle bruyamment. Personne ne bouge dans la maison. Susanne prépare son petit déjeuner seule et c'est elle qui m'apprend ce que je dois faire. Nous nous installons l'une en face de l'autre sous la lumière crue de la cuisine, et je sens qu'elle m'observe comme si je venais d'une autre planète. Je ne sais pas me servir de la cafetière et j'ouvre tous les placards avant de trouver ce dont j'ai besoin. Les phrases qu'elle prononce résonnent comme autant d'énigmes à déchiffrer. Je sens que je déçois Susanne, et j'ai peur d'éconduire son attente. Je sens qu'elle me juge, je ne sais si je l'amuse ou si je l'exaspère. Ce qui est sûr est que Susanne fait démonstration de son savoir-faire et de son autonomie. Elle n'est pas loin de se moquer de moi, en attendant, elle me teste. Je dois reprendre la situation en main. Alors je lui demande d'aller se laver et de préparer son cartable. Mais elle rectifie ma phrase. Je ne maîtrise pas encore bien la différence entre le COD et le COI, et en allemand, cela peut vite tourner au drame. Je ne sais toujours pas si les parents sont « schon weg » (déjà partis) ou s'ils « schlafen noch » (dorment encore). Susanne me demande de démêler ses longs cheveux, ce qui lui donne l'occasion de se tordre de douleur devant le miroir de la salle de bains et de me jeter des regards noirs. Nous sortons et les deux voitures des parents sont là, devant le garage. Rien ne bouge dans la maison.

Nous marchons dans la nuit jusqu'à l'arrêt de la navette scolaire et nous sommes seules à attendre. Le vent fait ployer les arbres qui bordent la forêt et la neige tombe des branches par paquets. Susanne monte dans le car sans me dire au revoir. Je ne sais si je tiendrai longtemps ainsi, à marcher dès l'aube dans le vent glacé, alors que les parents de la petite fille dont je m'occupe dorment à poings fermés. Il y a quelque chose que je ne comprends pas, quelque chose dont on m'a peut-être parlé mais que je n'ai pas saisi. Je rentre en longeant la voie ferrée, la tête enfoncée sous ma capuche, et je ne sais ce qui me pousse à retourner chez les Bergen, franchir la porte de cette maison alors que rien ne m'y oblige. J'avance en guettant les premiers signes du lever du jour, mais la nuit semble éternelle et seul me parvient le bruit de mes semelles crissant dans la neige.

Une lumière est allumée à l'étage quand j'arrive et la télévision fonctionne déjà dans le salon. Thomas descend l'escalier, pose son sac sur la table et boit un verre de lait sans prendre le temps de s'asseoir. Nous ne savons quoi nous dire, je précise toutefois que dehors « es ist kalt » (il fait froid), comme si c'était une révélation. J'imagine que je ne vais pas prononcer ce modeste enchaînement de mots tous les matins, à seule fin d'éviter le silence qui m'encombre. Je voudrais demander à Thomas combien de kilomètres il doit parcourir et si ce n'est pas trop difficile de faire le trajet à mobylette, mais il semble pressé et je n'ose me lancer. J'aimerais qu'il sache que je ne suis pas indifférente, qu'il peut aussi compter sur moi. Une fois Thomas sorti, je reste debout dans la cuisine sans savoir comment poursuivre. Cela me gêne que les parents ne soient pas encore levés. Je me demande si c'est tous les jours pareil. Je commence à placer les bols et les ustensiles dans le lave-vaisselle, j'essuie la table et le plan de travail. Je range les paquets de céréales et le beurre de cacahouète puis lave les casseroles et la poêle restées dans l'évier depuis la veille. Je vide les cendriers qui débordent, puis je cherche longtemps la télécommande de la télévision pour baisser le son. À l'écran, une jeune femme pédale sur un vélo d'appartement, un sourire éclatant aux lèvres, comme si elle venait d'entrer au paradis. J'attends que le jour se lève pour évaluer la gravité de la situation. C'est bien ce que je craignais, je n'aperçois que des champs enneigés d'un côté, la forêt de l'autre, et une petite route déserte qui descend entre bouleaux et sapins. J'observe au loin derrière la baie vitrée pour m'assurer que je n'ai pas omis une donnée essentielle. Mais non, rien à ajouter, la première maison est au moins à cinq cents mètres. Je n'ose me rendre à la salle de bains à l'étage, de peur d'y croiser les parents. Je me contente du petit cabinet de toilette dans lequel je m'enferme tout en tendant l'oreille. Je fais couler une douche bien chaude, me demandant à quoi va ressembler ma première journée.

Je suis installée devant la télévision quand monsieur Bergen descend l'escalier, peu après neuf heures, et je m'en veux qu'il me surprenne assise dans le canapé. Je me redresse et essaie d'avoir l'air naturel. Je ne sais si je dois aller vers lui ou si c'est à lui de venir vers moi, d'autant qu'aucune parole ne franchit nos lèvres. Dois-je préparer son petit déjeuner ? En fait, j'ignore quelle est ma mission. Dois-je simplement veiller sur les enfants ? Tenir le ménage ? Me comporter comme une domestique ou jouer un rôle plus précis ? La fiche qui m'a été envoyée par l'agence de jeunes filles au pair précise un nombre d'heures hebdomadaires au service des enfants et de la maison, mais pas leur répartition. Je recevrai en échange une petite somme d'argent et pourrai prendre du temps pour me consacrer à l'apprentissage de la langue. Le papier qui prévoit cet arrangement est dans mon sac, signé et tamponné. J'attends que les Bergen me donnent la règle du jeu. Mais seul monsieur est levé, qui tourne en peignoir dans la cuisine, allume sa première cigarette et fait comme si je n'étais pas là. Je demeure immobile face à la télévision, parfaitement inutile. Si la maison n'était pas si éloignée de tout, j'aurais acheté du pain frais et signifié que je ne suis pas une incapable. Mais je suis contrainte de subir, je suis amputée, je ne peux être moi-même ni dire qui je suis.

Je n'ose regarder dans la direction de monsieur Bergen. Je me contente de rester assise du bout des fesses sur le canapé, la télécommande à la main, faisant semblant de me concentrer sur ce qu'annonce la télévision, tentant de démêler l'écheveau sujet-verbe-complément-subordonnée. Heureusement, le chien me rejoint, ce qui me donne un geste à accomplir et l'apparence de quelqu'un qui se familiarise avec le foyer. Caresser un chien a souvent cette fonction, flatter l'animal pour brosser le maître dans le sens du poil, occuper le vide qui se répand autour. Alors en cet instant, c'est mon seul langage : prendre la tête du cocker entre mes genoux en attendant que quelque chose arrive.

Monsieur Bergen vient s'installer au salon, avec son café et sa cigarette, s'embarque dans une phrase dont je n'identifie aucun des mots, à part « schlafen », qui signifie dormir, mais je ne suis pas sûre qu'il me demande si j'ai bien dormi ou s'il m'informe que madame Bergen dort encore. À moins qu'il ne précise qu'il a mal dormi. Comment faire la différence ? Je me contente donc de grogner en souriant. Il me propose une tasse de café, et je lui suis reconnaissante de me permettre d'entrer en scène, ne serait-ce que pour aller chercher le sucre, ainsi qu'une petite cuiller, un vrai début d'action. Un geste minuscule qui amorcera les autres gestes et la journée prendra de l'épaisseur, c'est ce que j'espère, alors que monsieur Bergen me tourne presque le dos, assis au fond d'un fauteuil, un épais halo de fumée enveloppant sa lourde silhouette. Je ne supporte plus le silence malgré le bruit de fond de la télévision, et dis pour la seconde fois de la journée qu'il fait froid dehors, et qu'il y a du vent, ce qui m'autorise une toute petite prouesse linguistique. Mais je ne veux pas être désagréable, je ne veux pas qu'il pense que je critique, alors j'ajoute que j'aime le froid, ce qui est faux et ridicule. Lui conclut qu'il déteste l'hiver, pas de chance, j'aurais dû me taire. Alors je demande comment s'appelle le chien. Une phrase simple sans aucun risque, de celles qu'on apprend à l'école dès la première leçon d'allemand : « Wie heißt der Hund ? » Le chien s'appelle Naphta.

Je redescends dans ma chambre au sous-sol, ouvre le vasistas et la température chute bientôt de plusieurs degrés. Je secoue mes draps dans mes huit mètres carrés et me fais un lit parfaitement agencé, une sorte de nid. Je garde le même jean et le même pull-over que la veille, je m'allonge, mets une cassette des Clash et commence à écrire une lettre pour mon frère. Ma mère ne m'a rien dit hier soir au téléphone, je n'ai pas voulu lui poser de questions ni garder la ligne trop longtemps. Je sentais que les Bergen s'étaient arrêtés de mastiquer pour m'écouter parler français. C'était avant que j'aie fini ma tranche de foie. Je veillais à prendre un ton léger pour que chacun soit rassuré. Je sais que la lettre pour Simon sera longue, que je ne lui épargnerai aucun détail. J'ai besoin de penser dans une langue qui est la mienne, de choisir chacun de mes mots pour dire au plus juste ce que je ressens. Parce que, en allemand, j'ai l'impression que ma pensée se rétrécit, je perds de mon acuité, je me laisse gagner par une simplification du monde qui m'effraie. J'ai peur de me perdre, de perdre le sens des mots, j'ai peur de disparaître.

Quand madame Bergen descend enfin, Naphta aboie. Je laisse passer quelques minutes puis monte les marches bruyamment pour ne pas la surprendre. Ses traits sont tirés mais son beau visage me sourit. Il est près de onze heures et je ne crois pas que monsieur Bergen soit parti. Je n'ai pas entendu la voiture démarrer. Madame Bergen est habillée assez légèrement, me semble-t-il, pour la saison, elle avale quelques médicaments avec son café puis le cycle des cigarettes commence, qu'elle allume l'une à la suite de l'autre et la maison n'est plus qu'un nuage de fumée. Elle me demande si cela ne me gêne pas, ce à quoi je réponds que non, pas du tout, et j'apprends dans l'instant, par ma propre bouche, que j'aime l'odeur de la cigarette comme j'aime l'hiver et les tranches de foie. C'est fou ce qu'on va inventer quand on est seul et dépendant. Madame Bergen m'accompagne au sous-sol dans la buanderie et m'invite à ramasser le linge qui sèche, me désignant une corbeille. Jusqu'ici je vois de quoi il s'agit, je suis en territoire connu. Assembler les chaussettes, plier les slips, mettre de côté les tee-shirts et les chemises à repasser et faire une pile pour chaque membre de la famille. Je parle couramment le langage universel de la buanderie et mes gestes s'enchaînent en une suite parfaitement efficace. Je tente de demeurer à distance, de ne pas me laisser perturber par la manipulation du linge, marque intime de l'existence de personnes que je ne connais pas encore. Les chaussettes de Susanne me dérangent moins que les soutiens-gorge de madame ou les slips de monsieur. Mais je passe sur mon trouble. Je lutte contre mon instinct qui me dit que montrer sa culotte au premier venu n'est pas tout à fait normal. Je m'en veux de mes préjugés de petite Française, mets ma gêne sur le compte de la différence de culture et m'oblige à n'y plus penser. Je ne sais si je dois monter la corbeille à l'étage ou si le repassage s'effectue au sous-sol. C'est dans le salon que s'opère finalement la cérémonie, sur une planche parfaitement équipée, devant la grande baie vitrée au-delà de laquelle rien ne bouge. Cela ne me dérange pas de repasser, même les vêtements les plus revêches, je voudrais simplement que madame Bergen ne soit pas le témoin de mon apprentissage, je voudrais qu'elle quitte la pièce et ne se rende pas compte que je n'ai jamais repassé une chemise de ma vie.

J'attends Susanne à l'arrêt de la navette scolaire et je n'ai rien mangé depuis le matin. Le vent souffle toujours aussi fort mais la lumière a fini par s'imposer. Je serais injuste si je n'admettais pas la beauté du paysage qui m'entoure. Le ciel est d'un bleu inespéré et la blancheur, aveuglante. Je voudrais, en cet instant, partager cette sensation avec quelqu'un que j'aime, mon grand frère par exemple, qui d'autre ? Je voudrais que Simon soit à mes côtés le témoin de cette folie de neige. Nous pourrions simplement échanger un signe, nous regarder, les yeux éblouis, et prononcer l'amorce d'une phrase, quelques syllabes qui attesteraient que nous vivons, ensemble, quelque chose d'exceptionnel. Et la présence de l'autre dispenserait des mots, la chaleur de l'autre suffirait à rendre unique et lumineux ce moment hors du temps, d'une intensité si particulière. Susanne est souriante, puis bientôt indifférente, pas étonnée de me trouver là. Elle refuse que je porte son cartable et nous marchons sans nous parler, elle devant, moi dans ses pas, coupant par le chemin qui longe la voie ferrée. Je la soupçonne d'avancer très vite pour que j'aie du mal à la suivre. Je ne la perds pas des yeux et glisse un peu sur la neige balayée par le vent. La voiture de monsieur Bergen n'est plus là à notre arrivée. Quelques tranches de pain et de charcuterie nous attendent sur la table de la cuisine. Naphta jappe devant la télévision. Madame Bergen est probablement à l'étage, sans doute dans la salle de bains. Elle finit par remonter du sous-sol et je me demande si je ne l'ai pas entendue fermer la porte de ma chambre. Je n'ai pas encore pris la mesure des différents bruits qui habitent la maison. Je vais devoir apprendre à interpréter chacun d'entre eux, me familiariser avec le craquement des marches des escaliers, identifier le léger claquement des portes et surveiller la présence des voitures devant la montée de garage ainsi que la mobylette de Thomas. J'ai faim et imite Susanne qui mange debout entre la table et le frigidaire. Madame Bergen grignote elle aussi quelques tranches de fromage tout en fumant une cigarette entre la cuisine et le salon. Je pense au linge en cours de repassage, qui va s'imprégner de fumée, j'aimerais terminer et passer à autre chose mais on ne m'en laisse pas le temps.

Nous retrouvons monsieur Bergen au bureau, en plein centre-ville, et j'en déduis que l'homme et la femme travaillent ensemble. D'autres personnes sont là, penchées sur leurs planches de travail. Agence d'urbanisme, d'architecture ou bureau d'études ? Je n'en saurai jamais davantage. Madame Bergen me désigne une chaise sur laquelle je peux m'installer, le temps qu'elle vaque à ses occupations. Je regarde, depuis la grande fenêtre, les habitants de la ville qui circulent sur les trottoirs, dans leurs bottes de neige et leurs manteaux épais, et je crains la nuit qui va tomber bientôt. Depuis mon arrivée, je ne fais qu'attendre, je ne sais ce que sera ma vie ici, faite pour l'instant de petits bouts, de bribes de temps découpées au vif de mon inquiétude. Je piétine, je fais du surplace, du rien du tout, sans but véritable, je me laisse transporter, déplacer, je ne suis qu'un petit paquet, un objet dont les contours sont flous. Seule mais toujours accompagnée. Je suis à la merci des autres, ils disposent de moi et je n'aime pas cette sensation de vide qui me gagne, cette impression de flotter, de me dissoudre dans la vie des autres, dans l'étrange réalité de leur existence. Je m'assois sur la chaise, devant le calendrier épinglé sur le mur, je me remets en tête le nom des mois en langue allemande, Januar, Februar, März, les mois chargés de neige, de nuit et de froid, je ne sais comment je vais traverser les saisons qui me conduiront au bout de mon engagement ni qui je serai devenue quand nous toucherons enfin à l'été. Je regarde les photos du calendrier, et tout me paraît étranger, les arbres, les villages, les maisons, et même la façon dont la fumée sort des cheminées.

Je dois acheter un journal et du gel pour les cheveux. C'est le seul objectif que je me suis fixé. Mon idée, mon projet. Si je parviens à me donner un but chaque jour, aussi minuscule soit-il, peut-être avancerai-je sans me désintégrer. C'est ce que je sens. Je dois me cramponner à la vie matérielle. Je dois viser au concret. Jour après jour, je parviendrai à me remettre de ma vie française et j'entrerai dans ma vie allemande, je réussirai la transformation et je dirai à Simon que c'est possible. Je suis partie en éclaireuse, moi qui n'ai rien d'une exploratrice. Je lui dirai qu'il ne sert à rien de rester dans une famille qui part en lambeaux. Qu'il doit bouger à son tour. Mais Simon a peur pour maman. Il pense que sa place est près d'elle, en attendant que les choses évoluent. Je dois aussi acheter des cartouches d'encre pour mon stylo. Nous remontons dans la voiture et madame Bergen se gare sur le parking du supermarché, le même qu'hier. Je suis déçue, j'aurais aimé que nous marchions dans les rues de la ville, j'aurais aimé croiser d'autres gens, entrer dans des boutiques, voir comment se déroule la vie ici. Et quand nous reprenons le chemin de la maison, je me demande pourquoi madame Bergen m'a invitée à l'accompagner. Je ne sers à rien, je me sens même encombrante, mais j'imagine que tout va finir par se mettre en place. Je dois apprendre la patience. J'ai besoin qu'on m'assigne un rôle. J'ai besoin d'un rythme, d'un découpage, j'ai besoin de savoir où je vais.

Je reprends le repassage puisqu'on ne me demande rien. Je vais tenir jusqu'au repas, je ne sais si je dois proposer de le préparer. Thomas monte dans sa chambre, Susanne monte puis redescend, visiblement désœuvrée. Elle cherche quelque chose à manger dans les placards mais madame Bergen la jette mollement hors de la cuisine, en une phrase brève sans réelle intonation. Susanne finit par s'allonger sur le canapé du salon et attend que la journée avance. Quelque chose ne tourne pas rond dans cette famille. Je vais bientôt finir par comprendre ce qui se passe, à moins qu'il ne se passe rien, à moins que ce soit moi qui ne fonctionne plus, qui aie perdu la mesure des choses. Mais je ne suis pas dans le rythme, m'échappe l'absence de tempo qui gouverne ces quatre-là. Je vais devoir trouver ma place dans une maison où la place de chacun semble flotter, inconsistante et volatile. Je voudrais aider Susanne à faire ses devoirs, par exemple, cela me permettrait de maîtriser le temps, de prendre des initiatives. Je ne connais que le mot « Arbeit » (travail) pour parler des devoirs, un mot que mes parents prononçaient tous les jours comme un méchant leitmotiv, nous demandant, à mon frère et moi, si nous avions fait notre travail, ce qui évitait de parler d'autre chose, un mot que nous ne supportions plus tant il focalisait toute l'angoisse de nos parents, que nous accomplissions notre travail les soulageait, que nous rapportions à la maison de bonnes notes les tranquillisait, le travail comme unique sujet de conversation, la valeur étalon. Mais avant de prononcer ce mot, de proposer à Susanne de l'épauler dans son travail d'école, me vient en mémoire la phrase « Arbeit macht frei » (Le travail rend libre), apprise quelques mois plus tôt en cours d'histoire, et je n'ose soudain m'aventurer sur un terrain sans doute risqué, disons qu'avant de me lancer, comme les mots cognent dans mon cerveau avant que je les prononce, je me dis que le mot travail résonne pour les Allemands sans doute différemment que pour nous, Français, et je stoppe net mon élan, préférant une phrase bancale, incorrecte et sans saveur : « Etwas zu tun für die Schule ? » (Quelque chose à faire pour l'école ?) Ce à quoi madame Bergen répond gentiment que non, il n'y a « nichts zu tun » (rien à faire). Alors j'empile le linge en quatre tas parfaitement rectilignes, dont je suis satisfaite parce que c'est la première fois que j'accomplis cela. Je monte les piles de Susanne et Thomas, que je laisse sur leurs lits. J'hésite à entrer dans la chambre des parents, aussi je dépose leur linge sur la table basse du salon.

Je ne sais comment modifier la coupe de cheveux qui me défigure. Devant le miroir de ma chambre, je tente de nouer un foulard autour de ma tête, mais le résultat est risible. Il faudra que j'achète un foulard plus léger, avec de jolies couleurs. Je n'ai pas trouvé de gel au supermarché mais un genre de laque odorante que j'applique en jets poisseux. Je parviens à aplatir les petites mèches qui se dressent sur mon crâne et cela me donne espoir. Je repasse la main plusieurs fois dans ma chevelure, et si ce n'est l'odeur qui, mélangée aux effluves d'essence, me rebute un peu, le résultat est encourageant. Mes cheveux ainsi stylisés me donnent un éclat nouveau dans le regard. J'accentue le tableau en dessinant un trait noir sous mes yeux, et la fille qui apparaît dans le miroir n'est plus tout à fait la même. Une adolescente qui en a terminé avec l'adolescence mais ne sait ce qui l'attend après. Une habituée des tempêtes et des non-dits, des départs et des trous d'air. Il faudra que je me prenne en photo pour l'envoyer à Simon. J'ai deux choses à accomplir pour demain : acheter un foulard et trouver un photomaton.

Je vais chercher Thomas dans sa chambre et tente de lui expliquer ce nouvel exercice : mettre la table lui et moi. Il craint le piège mais n'ose m'éconduire, et nous échangeons des regards interrogateurs en plaçant les couteaux, les fourchettes et les verres aux bons endroits. Il me regarde, depuis mon arrivée, comme quelque chose d'exotique, au crâne presque rasé, au corps mince et au teint basané. Il ne sait quoi penser, et visiblement il ne pense rien, il suit le mouvement, pourvu que le mouvement ne soit pas trop violent. S'il faut placer quelques objets sur la table, il n'est pas contre, cela lui procure même un certain plaisir, parce qu'il entre en scène, modestement, il le fait parce qu'une fille, une Française, lui a demandé de l'aide, et que, somme toute, il est un garçon conciliant. Il le fait parce qu'il n'a pas encore compris qui était cette fille, alors, dans le doute, avant que la vérité des uns s'attache à menacer celle des autres, il n'est pas regardant. Il se sent même tout à fait consentant, parce qu'en l'occasion il domine la situation. C'est lui qui sait, c'est lui qui montre et qui dirige. Il ne manque pas de prouver qu'il est chez lui et qu'il maîtrise le déroulement des opérations. Il est chez lui, et l'étrangère n'est pas chez elle, mais bien entendu cela ne vient pas à son esprit. C'est ainsi que la situation se renverse. Thomas, au lieu d'aider Laura, va la soumettre et lui donner des ordres. C'est instinctif.

Monsieur Bergen met deux saucisses dans mon assiette, ce qui tombe bien parce que « ich mag Bratwürste » (j'aime les saucisses). Monsieur Bergen, après m'avoir servie, me complimente pour mes « Haare ». C'est un mot qu'il faut prendre avec des pincettes, parce que, s'il désigne les cheveux, il signifie aussi poils ou barbe. Madame Bergen confirme que cela est nettement mieux, et ajoute qu'elle n'aimait pas ma précédente coiffure. Elle prend alors un air navré, voire un peu dégoûté, l'air qu'on a quand on croise un chien malade dont on ne sait si on a envie de le sauver. Je souris abondamment alors que Susanne approche ses narines de mes cheveux et se bouche le nez en déclarant que « das stinkt » (ça pue), une expression que j'entendrai souvent par la suite, pour dire que « ça craint ». Ce qui pue dans mes cheveux est le parfum vanille du produit, c'est vrai qu'en mangeant des saucisses, l'odeur n'est pas du meilleur effet. Mais je suis obligée de m'amuser des paroles de Susanne, même si elle m'est de moins en moins sympathique. Je suis obligée de faire croire que j'ai bon caractère, une brave bête, parce que m'est interdite la repartie ironique, voire l'usage du second degré, qui en principe me tire des situations les plus critiques, mais là je sèche, je me contente de prendre mon masque d'imbécile, celui que je porte depuis le début et dont il va falloir me défaire sous peine de détester absolument la fille que je suis en train de devenir. Susanne finit la pomme de terre qui reste dans mon assiette sans me demander. Puis elle rit, se moquant de moi tranquillement. Je trouve ainsi charmant, en apparence, que la jeune enfant ait aussi bon appétit, mais il est entendu que ce geste me contrarie. Je dois me ressaisir, ce n'est pas parce que j'ai perdu ma langue que je dois me soumettre. Mais il est trop tôt pour que je recompose ce qui s'est décomposé en moi. Je dois compenser ce langage qui me fait défaut, apprivoiser de nouvelles manières pour exister, ne pas être un petit robot qui mange, dort et sourit sur commande.

Je me lève avant Susanne pour éviter qu'elle triomphe dans ma chambre une nouvelle fois. Je suis debout dans la cuisine quand elle apparaît en haut des marches et jette son cartable dans l'escalier. Visiblement elle entend augmenter d'un cran l'incompréhension qui nous sépare. Elle s'engouffre un peu trop vite sur une pente qui ne me plaît pas. Je dois la stopper. Ma voix est douce quand je propose de préparer son petit déjeuner, mais elle fait comme si elle n'entendait pas, ouvre elle-même le frigidaire, prend un verre dans le placard et se coupe une tranche de pain de seigle en me tournant le dos. Je lui demande de me couper une tranche, ajoutant au passage une formule de politesse élégante quoique certainement déplacée « ich möchte gern » (je prendrais volontiers), formule qui faisait des miracles dans mes devoirs d'allemand. Susanne coupe le pain, l'air un peu pincé, et mon regard s'attarde sur le grand couteau. Je m'en veux de ce qui me traverse alors l'esprit. Il ne faudrait pas qu'il lui vienne de drôles d'idées, il ne faudrait pas que Susanne soit prise d'une violente pulsion, comme celles qui s'emparaient de mon frère l'été dernier et qui avaient conduit mes parents à l'emmener chez un psychologue. Mais je m'emballe, Susanne n'a aucune raison de me menacer. Je vais éloigner de moi les idées étranges qui planent sur notre journée à peine commencée. Dehors il fait noir et froid, comme tous les matins. Nous sortons et marchons dans l'obscurité, à peine guidées par la faible lueur des lampadaires qui bordent le chemin. Susanne avance de plus en plus vite, je l'appelle pour qu'elle ralentisse, mais ce jeu semble l'exciter, elle se met à courir pour le plaisir de me voir disparaître dans la nuit. J'accélère le pas et la trouve plantée à l'arrêt de la navette scolaire, satisfaite de m'avoir inquiétée, visiblement de très bonne humeur.

Je n'ose rien dire aux parents, qui, aujourd'hui encore, se lèvent tard et tournent longtemps dans la maison avant de prendre en main leur journée. J'espère qu'ils vont partir et me laisser enfin seule. Leur présence me fatigue, m'oblige à une vigilance de chaque instant, d'autant qu'aucune consigne ne m'a encore été donnée. Je m'assois dans l'un des fauteuils en attendant qu'ils apparaissent, quand Thomas me surprend. Grand, fort, maladroit, il semble lire en moi l'abattement qui me gagne et prononce quelques mots que j'imagine encourageants. Je sens qu'il ne fait pas celui qui me contourne et m'ignore. Au contraire, il s'adresse à moi malgré une timidité tout juste camouflée, il prend la peine de sourire un peu, rougissant légèrement avant de tourner la tête. Il sait ce que je ne sais pas, pourquoi ses parents ont tenu à prendre une fille au pair, alors qu'en apparence, chacun semble se débrouiller très bien. Je n'ai tout de même pas traversé une partie de l'Europe pour conduire Susanne tous les matins à l'arrêt de la navette scolaire. Je pressens que Thomas, adolescent mystérieux et sensible, sera un précieux partenaire. Peut-être parce qu'il est un garçon et moi une fille, peut-être parce qu'il a saisi la fragilité que je tente de masquer depuis mon arrivée. Thomas est en retard, il démarre sa mobylette et disparaît dans la nuit encore épaisse. Son départ me laisse dans un drôle d'état. La succession d'instants que je vis par petites touches m'atteint, me frustre, me met en danger. Rien ne s'amorce ici, rien ne me tient, rien ne me dit que quelque chose va prendre corps. Tout semble inerte et lourd, déstructuré et pesant, imprécis, tout semble aléatoire.

C'est l'inverse de la maison où tout était orchestré selon un ordre parfait, les horaires, les habitudes, les repas, tout savamment agencé, comme préparé à l'avance, maîtrisé. Les parents dans leur rôle de parents, accomplissant leur devoir de parents, levés chaque matin à l'aube, masquant leurs chutes de moral et leurs tours de reins, minimisant leurs déconvenues et leurs soucis, camouflant leurs lubies, utilisant leur vocabulaire de parents, leurs expressions toutes faites. La maison où tout semblait immuable, les quarante minutes que durait invariablement chaque repas, la vaisselle exécutée par ma mère pendant que l'un d'entre nous essuyait la table et que mon père s'éclipsait vers le salon après avoir rebouché la bouteille de vin, les sorties à vélo le dimanche, le retour contre le vent et parfois la pluie, la recommandation de ma mère d'emporter nos K-way, la bouteille d'eau qu'elle glissait hiver comme été dans le petit sac à dos, assortie de quelques fruits secs en cas de coup de pompe, les précautions, mises en garde, conseils distillés par ma mère, de façon à ce que rien de fâcheux n'arrive jamais, des rustines pour les crevaisons, des cachets d'aspirine contre les maux de tête, de l'arnica contre les coups, ses injonctions à nous maintenir en bonne santé, nous tous et surtout mon père, la peur qu'il s'empâte, que ses artères se bouchent, que ses nerfs flanchent, la manière dont elle maîtrisait chacune des décisions prises au foyer, ne laissant jamais rien au hasard, pas même l'emploi du temps des week-ends réglé pour que soient possibles en deux jours le ménage complet de l'appartement, la visite aux grands-parents équitablement répartie entre paternels et maternels, les courses dont elle établissait la liste détaillée, la vie selon ma mère, un chef-d'œuvre d'équilibre entre famille, hygiène, éducation et plaisir – plaisir, façon de parler. Le vrai plaisir qu'éprouvait ma mère était celui de la mission accomplie dans les règles de la bonne éducation et selon ses critères de famille unie, son angoisse absolue étant que nous restions sans rien faire, sans projet, sans chronologie, dans un désœuvrement stérile qui, comme chacun sait, est responsable de tous les vices, se trompant bien sûr, mais n'ayant mesuré son erreur d'appréciation qu'une fois qu'il était trop tard. Une fois que, de cinq, notre famille s'était vue réduite à quatre.

C'est tout le contraire qui m'attend ici où tout semble improvisé, décidé sur-le-champ, le réveil à heures fantaisistes, la télévision allumée en permanence, les promenades du chien à l'envi, les repas de midi debout dans la cuisine ou emportés dans les chambres, les lits des enfants jamais faits, la salle de bains dans un désordre perturbant, les allées et venues des uns et des autres selon une règle que je ne parviens pas à décrypter. Seuls repères, la navette scolaire qui passe à heure fixe et le retour de Susanne un peu après treize heures. J'ai la sensation d'errer sans but dans un monde que je ne comprends pas, dont on ne m'a pas encore donné la clé, mais dont je pressens qu'il va bientôt m'engloutir. Ce n'est pas de la peur que j'éprouve mais une légère appréhension doublée d'une impression de mystère. Je me demande qui sont ces gens qui vivent au ralenti, sans exigences et sans règles apparentes, et qui m'obligent à tout modifier en moi, mon rythme, mon énergie, mon jugement. J'expérimente, en vivant le contraire de ce que j'ai appris à vivre, une autre forme d'existence, molle, distordue et libre en apparence. Je découvre un nouveau mode de relation entre les êtres, où n'affleurent pas l'angoisse, le souci d'efficacité ni la volonté de contrôler les actes de chacun. Ici, personne ne planifie, personne ne se préoccupe du temps qui passe, personne n'organise quoi que ce soit quand le week-end arrive. Personne n'a peur du lendemain. C'est ce que je crois.

Il ne se passe rien quand je me lève samedi matin. J'aimerais profiter de mes deux jours de congé pour m'extraire de la famille et enfin me libérer de l'emprise des parents et des enfants. Mais madame Bergen est heureuse de s'occuper de moi. Elle me retient longtemps dans le salon après que nos petits déjeuners sont terminés. Elle propose du thé après le café, puis encore du thé, le tout en fumant cigarette sur cigarette et en me racontant quelques épisodes vécus dans la semaine, dont je ne comprends pas tout le détail. Elle me dit aussi qu'elle a hâte de me montrer le chemin qui conduit au village, de l'autre côté de la petite forêt, où nous achèterons ce qu'il faut pour le repas. Nous pouvons nous y rendre à pied ou en voiture, c'est comme je veux. Je n'ose pas avouer que j'ai prévu de prendre l'autobus pour me rendre en ville et que je préférerais rester seule, et je m'entends répondre, avec complaisance, que j'aime marcher, précisant qu'en France je marche beaucoup, ce qui est pur mensonge. En France, j'allais au lycée à pied avant d'interrompre mon année, mais ce n'était pas par choix, c'était simplement comme ça, je n'avais pas d'autre solution. Je dois attendre madame Bergen, qui doit encore prendre le temps de passer à la salle de bains et de s'habiller. Je ne sais quoi faire dans l'intervalle, je mets le lave-vaisselle en route et entreprends de ranger le salon. Je fais une pile avec les journaux et revues, je vide les cendriers, remets la tenture en ordre sur le canapé, place les coussins au bon endroit, je ramasse les vêtements et chaussures qui traînent, débarrasse la table basse des restes du repas de la veille. Je voudrais passer l'aspirateur mais me retiens. J'ai peur que madame Bergen le prenne mal, il ne faudrait pas qu'elle croie que je me substitue à elle, je ne voudrais pas me mettre en valeur, apparaître trop zélée. Aussi, je me contente du minimum, ne sachant où commence ni où finit ma mission. Les enfants sont encore en pyjama, Susanne chahute à l'étage avec le chien et Thomas regarde la télévision dans sa chambre. Si l'on ajoute l'appareil installé dans la chambre des parents, il y a trois postes pour quatre personnes, ce qui épatera Simon quand je le lui raconterai. Il se souviendra alors de la crise vécue à la maison lorsque papa avait suggéré que l'ancien poste de télévision revienne à Simon à l'achat du nouveau, puisque Simon est l'aîné, prétextant que cet écran lui permettrait d'être tranquille « dans sa chambre », ce qui signifiait en fait que mon père pourrait reconquérir son autorité dans le salon, sans mon frère contestant par principe le choix des programmes. Mon père pensait résoudre un problème mais en déclenchait un autre et cette hypocrisie n'avait pas échappé à ma mère, qui en profita pour le mettre face à ses contradictions. Ce qui est pénible avec maman est son intransigeance, sa lucidité éclairée et le jeu pervers qu'elle joue avec papa, l'invitant à commettre des erreurs pour jouir du plaisir de les lui reprocher. Il semble que, quoi qu'il fasse, il a tort. Quoi qu'il pense, il se trompe. Papa surnomme ma mère « Madame Parfaite » et lâche cette pique avant de tourner les talons quand il est à court d'arguments. Lorsque je vais dire à Simon que Thomas, à son âge, choisit les programmes enfermé dans sa chambre sans avoir donné signe de vie depuis la veille, il comprendra de quoi je parle. Il aura la preuve que ce que maman reprochait à papa n'était pas si grave. Il comprendra que ce n'était pas une raison pour rajouter de l'amertume à la douleur et se morfondre chacun dans son coin, démoli par ce qui vient d'arriver et ce qui n'a pas fini d'arriver encore.

La promenade à pied jusqu'au village est une curieuse idée et je regrette bientôt de n'avoir pas choisi la voiture. Nous en profitons pour emmener Naphta, qui se roule dans la neige et semble infiniment reconnaissante. Personne n'a voulu nous accompagner, ni les enfants ni monsieur Bergen, qui descendait les escaliers au moment où nous quittions la maison. La lumière est intense et la réverbération m'oblige à cligner des yeux. Mon prochain achat sera une paire de lunettes, dès que je pourrai aller en ville. Peut-être cet après-midi, si nous accélérons un peu, mais madame Bergen marche lentement, elle souffle à chacun de ses pas, s'arrête pour rappeler le chien ou allumer une nouvelle cigarette. Je ne vois pas le bout de cette promenade insensée et je me fais bientôt du souci, me demandant si les magasins seront encore ouverts à notre arrivée, craignant que nous ne nous mettions à table très tard, ce qui compromettra la journée pour de bon. Je parviens à calmer ce qui s'agite en moi, reconnaissant les symptômes d'un mal qui m'habite depuis plusieurs mois, et que j'appelle ma « peur du vide », un mal dont je n'ai parlé à personne même si Simon a bien compris que par moments, moi aussi, je suis « limite », comme il dit. Quand la peur est trop grande, je prends quelques granules homéopathiques et j'invente une action à accomplir. J'aurais bien marché à toute allure sur le chemin, j'aurais bien fait fonctionner mes poumons à plein régime, mais je dois avancer à petits pas, si petits que je doute que nous parvenions un jour au village. D'ailleurs je n'aperçois au loin ni maison ni village et je pense tout à coup que je n'ai rien compris de ce que m'a dit madame Bergen, j'ai assemblé quelques mots que j'ai fait tenir ensemble, mais j'ai dû manquer l'essentiel, recréant une réalité parallèle, un monde réinventé de toutes pièces, comme j'ai appris à le faire depuis mon arrivée. Je réalise que nous n'avons pas de sac pour porter les provisions, et je m'en veux de ne pas maîtriser davantage cette langue qui va se jouer de moi, me soumettre et m'éconduire jour après jour. Mais est-ce bien la langue qui m'a trahie ? Et même si j'ai mal compris, que faisons-nous dehors dans le froid à l'orée de la forêt, madame Bergen et moi, quand nous devrions être assises à la table de la cuisine et éplucher les pommes de terre ? Qu'attendons-nous au milieu du chemin alors que personne n'habite alentour et que le vent siffle à nouveau entre les sapins, soulevant des bourrasques de neige ? Rien n'est logique de ce que je vis ici, et sous le calme apparent qui règne sur la campagne et dans la vie de cette famille, je devine que quelque chose me menace. Madame Bergen me sourit et lance une pomme de pin que Naphta saisit au vol. Madame Bergen, dans son grand manteau de peau, comme perdue dans l'immensité de la nature qui l'engloutit, m'effraie soudain.

Je promets que, ce soir, je cuisinerai un gratin de pommes de terre, au four, avec de la crème. J'annonce le temps de cuisson : une heure trente, et chacun a l'air de penser que j'exagère. Susanne a tenu à s'asseoir à côté de moi, pendant le repas, soudain avenante. Elle parle beaucoup, s'agite et se fait reprendre plusieurs fois par Thomas qui, installé en face de moi, lui demande de se taire. Le ton monte entre le frère et la sœur et je crois que les mots qui fusent par-dessus le plat brûlant sont des insultes, des insultes de frère et sœur, sans conséquence. Puis, après que monsieur Bergen a calmé le jeu, après qu'ont été échangés des regards mauvais entre les deux enfants, comme personne ne se précipite pour prendre la parole, je dis en cherchant mes mots que je dois me rendre à la bibliothèque de la ville pour faire une recherche sur Thomas Mann, j'invente en même temps que je parle, je me jette à l'eau, je précise que je travaille sur *La Montagne magique*, sans trouver immédiatement le titre en allemand (*Der Zauberberg*), un livre que j'ai lu au lycée en début d'année, qui m'a fortement impressionnée. Je suis étonnée par le naturel avec lequel je mets en œuvre mon alibi, et chacun semble surpris que je m'intéresse à un écrivain allemand, moi la première. J'ai découvert dans les dépliants qui m'ont été envoyés que la ville dans laquelle j'allais vivre était celle de Thomas Mann, et cette information m'a rassurée, je ne peux dire exactement pourquoi, sans doute parce que le roman du prix Nobel de littérature, conseillé par notre professeur de philosophie, est l'un des rares événements advenus pendant les derniers mois qui m'a touchée, pas tant le livre dont je n'ai lu que la moitié et dont je me souviens davantage de l'atmosphère que de ce qui s'y passe, mais la façon dont mon professeur en parlait, debout derrière le bureau, les bras parfois écartés, la poitrine en avant, le débit effréné, les yeux brillants, oui c'est le seul événement qui a détourné mon attention de ce qui arrivait alors à la maison, et pendant que papa et maman mettaient en scène leurs éternels reproches à longueur de soirée, je tentais de me concentrer sur la lecture de *La Montagne magique*, allongée sur mon lit, je tournais les pages, tendant souvent l'oreille pour entendre ce qui se disait de l'autre côté de la cloison. *La Montagne magique* était mon refuge et j'ignorais que ce livre allait se trouver sur ma route et me sauver une nouvelle fois. Ce que je n'ai pas prévu, c'est que madame Bergen, enthousiaste à l'idée d'aller à la bibliothèque, a soudain envie de m'y conduire, proposant de m'aider à faire les démarches d'inscription. Je sens ma gorge se serrer, mes poumons rétrécir, je sens que je manque d'air et j'ai envie d'appeler Simon. Quand je lui ai parlé de mon projet, celui de partir loin de la maison, épuisée que nos parents n'aient pas réglé leurs tentatives de séparation, Simon m'a dit que j'avais raison d'aller respirer ailleurs. Il a dit « respirer », alors que j'étouffe. J'étouffe de ne pas être seule, et pourtant je n'ai jamais aussi violemment ressenti la solitude.

C'est madame Bergen qui choisit les paires de lunettes que j'essaie. J'ai peur qu'elles ne soient trop chères et cherche le prix sur l'étiquette, que je convertis mentalement en francs. Autant dire que je ne gagne pas au change, exactement comme j'avais prévu. Madame Bergen insiste pour m'offrir les lunettes qui me plaisent. Elle y met tant d'énergie que je n'ose décliner, ce qui risquerait de la vexer. Je ne dispose pas des adverbes qui me permettraient de nuancer mon refus, tous ces petits mots qui enrobent la langue et sont comme des béquilles, qui colmatent ici, amortissent là. Savoir parler une langue étrangère, c'est bien cela : être dans le confort de la demi-teinte, dans le doigté de la nuance. Et je suis loin d'être capable de parler, je m'en rends compte avec douleur chaque jour. Je ne sais plus comment on dit « cela me gêne », non pas au sens propre, mais au sens figuré, je ne voudrais pas qu'elle comprenne qu'elle me gêne, non c'est le contraire que je voudrais exprimer, et pourtant, la vérité est bien qu'elle me gêne, mais il est des vérités impossibles à énoncer, alors j'accepte la paire de lunettes, je remercie sûrement un peu trop, et j'ai un doute. Madame Bergen est-elle en train de convertir l'argent de poche qu'elle me doit en cadeau de la maison ? Est-elle en train d'acheter autre chose qu'une paire de lunettes ? Est-ce une façon habile de m'asservir ? Quand nous sortons du magasin, la nuit est déjà tombée et je ne peux mettre mes lunettes, ce qui est décevant. Nous remontons la rue piétonnière, avançant sur la chaussée glissante, gagnons le bureau dans lequel travaillent monsieur et madame Bergen. Comme l'autre jour, je reste assise sur une chaise, considère une nouvelle fois le calendrier, me réjouissant qu'une semaine soit enfin passée. Je ne sais ce que fait madame Bergen, je l'entends ouvrir tiroirs et armoires dans le bureau d'à côté. J'imagine qu'elle doit rapporter un dossier à la maison. Quand nous arrivons devant les grilles de la bibliothèque, elle vient juste de fermer. Madame Bergen prend l'air étonné, puis désolé. Je m'entends répondre que « das ist nicht schlimm » (ce n'est pas grave), une phrase que je vais prononcer des dizaines de fois pendant mon séjour. Ce n'est pas grave, non rien n'est grave, que peut-il arriver de grave ici, aux confins de l'Allemagne, alors que je ne connais personne, que personne ne m'est indispensable, qu'aucun être, s'il venait à disparaître, ne me manquerait ? Nous restons un moment devant la grille et je ne sais comment enchaîner, je n'ai plus qu'à suivre madame Bergen, marcher sur ses talons comme si j'étais un chien perdu, une fille sans destin. Je n'ai plus qu'à reprendre la voiture avec madame Bergen puisque c'est elle qui me donnera à manger, me donnera un toit, un petit lit étroit dans une pièce qui sent l'essence. Non, ce n'est pas grave, les vapeurs d'essence me donnent envie de vomir mais je peux m'allonger, écouter la musique que j'ai apportée et écrire à Simon. Je peux raconter à Simon ce que je veux de ma nouvelle vie allemande, je peux lui dire que j'ai fait le bon choix, que j'ai eu raison de m'éloigner de la maison et des parents qui semblaient devenir fous, même si je me sens coupable de l'avoir abandonné lui, de l'avoir laissé seul avec une famille pleine de souvenirs impossibles.

Je coupe les pommes de terre en lamelles fines, que je couche sur le fond du plat, je verse la crème fraîche et le lait, puis encore des pommes de terre, en alternance avec la crème fraîche et le lait. C'est Thomas qui râpe le fromage et qui bouge à mes côtés dans la cuisine. C'est lui qui met le four sur thermostat très chaud, actionne la minuterie, sort le plat quand il est enfin prêt. C'est lui qui me regarde avec une lumière dans les yeux quand je dis que « wir haben schön gearbeitet » (nous avons bien travaillé). Il tape sa main contre la mienne et je ne sais ce qui se passe alors, en une fraction de seconde, peut-être parce que la chaleur du four me fait du bien, c'est comme une onde de douceur, sans doute la première que je perçois depuis mon arrivée, une sensation très légère, presque imperceptible, qui me fait exister, là, debout dans la cuisine allemande, au milieu des torchons, des épluchures et de l'évier encombré d'ustensiles, une cuisine avec un frigidaire plus grand que moi, une fenêtre à guillotine qui donne sur l'aile du garage, une bouteille de gaz de rechange rangée provisoirement dans un coin.

C'est là où, pour la première fois depuis si longtemps, je sens un élan partagé, un début de complicité. Et pourtant, nous parlons peu Thomas et moi. Parler n'est pas ce qu'il préfère. Ce sont les regards et les petits gestes qu'il manie avec tact, sa façon de tourner la tête vers moi quand il dit au revoir le matin, le sourire qu'il ne peut empêcher quand, tout juste rentré, il enlève son casque. Et la façon dont il secoue ses cheveux longs, vérifiant en un coup d'œil s'il accroche mon regard. Je ris dans la cuisine avec Thomas et je reprends confiance, au lieu de demeurer sur mes gardes, mais j'ai tant besoin de retrouver une vie normale que je ne suis pas méfiante. Je ne sais pas encore comment cela va se terminer.

Ma mère au téléphone est parfaite de retenue, de pudeur et de maîtrise. Sa voix me fait chavirer mais je me défends de me sentir faiblir, aussi j'expérimente un nouveau ton, détaché, léger, qui est censé la persuader que mon bien-être est total et mon expérience très positive. Je lui dis ce qu'elle veut entendre, ma rapide intégration, mes journées très occupées et la présence chaleureuse des enfants. Je ne suis pas à un mensonge près et nous nous mentons mutuellement pendant une dizaine de minutes, elle insistant sur les détails de la vie matérielle qui rythment le quotidien de la maison, l'installation de l'ascenseur dans la montée d'escalier, et surtout, le clou de la semaine, l'une des deux perruches qui s'est envolée. Nous commentons pendant le temps qui nous reste l'énigme de la disparition de la perruche, et je me demande comment fait Simon pour supporter cela, l'insignifiance des propos de ma mère, sa façon de masquer l'essentiel et de feindre de se préoccuper de la disparition de la perruche, alors que la vie à la maison n'est plus qu'un sursis d'étrange nature, un compte à rebours vers un gouffre de néant, je ne sais comment il parvient à assister au spectacle lamentable de mon père et ma mère prenant place à la même table, traversés par un sentiment odieux, celui qui porte l'un à accuser l'autre, à le rendre responsable de tout, ses échecs, ses heures supplémentaires non payées, sa grippe mal soignée, et surtout la mort de mon petit frère. Depuis qu'un jour ma mère a prononcé la phrase de trop, celle que nous n'aurions pas dû entendre, Simon et moi, la phrase qui marquait la limite, la phrase qui dit que mon père est responsable de ce qui est arrivé. Mais une phrase bancale, bien sûr, qu'il nous faut passer des jours et des nuits à interpréter, pour en saisir le dessein pervers, une phrase faite de sous-entendus, absolument ambiguë, mais dont le sens ne peut échapper à une personne dont le français est la langue maternelle. Ma mère a dit que, si elle se souvenait bien, elle n'avait jamais donné son accord pour l'achat de la mobylette. Ce à quoi mon père a répondu qu'il souhaiterait qu'elle soit certaine au lieu d'insinuer ce qui est faux. Ma mère a dit qu'elle était pratiquement certaine, et c'est sur ce « pratiquement » que mes parents se sont affrontés, ajoutant une nouvelle charge au poids de leur chagrin. C'est sur le ridicule de ce « pratiquement » que mes parents se vident du peu d'énergie qui leur reste, à moins que cette bataille ne soit au contraire l'endroit où ils tiennent encore debout, chacun campant sur sa position, drapé dans son orgueil, ma mère étant persuadée qu'elle n'a jamais voulu de mobylette à la maison (il y en eut bien une pourtant), et mon père étant formel quant à l'injustice qui le désigne comme seul responsable. Un drame peut-il tenir à une affaire de langage ? Ma mère n'aurait jamais donné son accord, ce qui veut dire qu'elle n'aurait pas dit oui, mais qu'elle aurait omis de dire non ? Ma mère aurait consenti simplement en ne s'opposant pas ? Elle aurait sans doute, lors d'une conversation oubliée par chacun sauf par elle, émis quelques réserves, elle aurait évoqué ce que craignent tous les parents, la possibilité de l'accident et de l'accident mortel. Elle n'aurait pas voulu de mobylette, mais personne ne veut réellement une mobylette à la maison, sauf l'adolescent qui insiste jour après jour, prétextant que cela économisera chaque mois la carte de bus pour se rendre au collège. Et cet argument du prix de l'abonnement, je m'en souviens bien, avait été débattu un dimanche soir à table, au retour de chez les grands-parents. Pas vraiment débattu en fait, mais je suis sûre que ma mère y avait été sensible. Elle n'avait pas voulu de mobylette comme elle n'avait pas voulu trois enfants, mais ils s'étaient succédé, et une fois les enfants arrivés, elle s'en était accommodée, disons même qu'elle en avait été heureuse, mais les enfants sont mortels, et la peur de les perdre l'avait gagnée aussitôt. Mon père aussi est responsable de la venue des enfants, comme il est responsable d'avoir proposé que l'ancien poste de télévision revienne à Simon. Là, ma mère avait eu la force de s'opposer. Elle n'avait pas voulu de poste de télévision dans la chambre de Simon, mais c'était trop tard, son fils cadet avait déjà succombé.

L'un de mes premiers dimanches ici, et l'envie de rester enfouie sous la couverture, encore secouée par le coup de téléphone de ma mère. Mais on frappe à ma porte alors qu'il n'est pas neuf heures. Monsieur Bergen est là avec un bol de café. Il entre, s'assoit sur le lit et je suis gênée à cause de mes cheveux dressés sur la tête et de ma figure probablement bouffie. Je trouve déplacé qu'il se permette de pénétrer sur mon territoire, le seul espace intime dont je dispose, mais son sourire inhabituel me dit que quelque chose se passe et que j'y suis sûrement associée. Il m'explique, en roulant les *r*, que nous allons partir nous promener, je comprends bien le verbe « spazierenfahren », et dans la phrase j'identifie aussi le mot frontière, « die Grenze ». J'en déduis qu'une promenade jusqu'à la frontière est le programme de la matinée, mais toute autre combinaison est possible, nous pouvons aussi bien nous promener à la limite ou à la lisière, ce qui se dit peut-être également « Grenze », et je vais me retrouver une nouvelle fois à l'orée des bois, les pieds dans la neige avec madame Bergen accrochée à mon bras, une cigarette au coin des lèvres, ne sachant plus dans quel sens avancer. Je ne vois pas de quelle frontière il veut parler, je n'ai pas pris le soin de localiser ma position aussi précisément sur une carte d'Allemagne. Je sais seulement que la mer Baltique est à quelques kilomètres au nord – j'en ai eu un rapide aperçu lors de ma descente du train – et qu'au-delà c'est le Danemark, que j'imagine inaccessible. Je m'en veux de ne pouvoir répondre autre chose que « jawohl » (entendu), sans être capable de poser la moindre question. Je m'en sors en demandant à quelle heure est prévu le départ, puis remercie pour le café, encore chaud. Je me lève quand même à contrecœur, ne sachant si un jour les Bergen vont finir par me ficher la paix. Je me répète en me regardant dans le miroir du placard qu'il va me falloir enfin fixer mes propres limites, mes *Grenzen* à moi. Pour l'instant, je me familiarise, c'est ce que je me dis, mais bientôt je vais passer à la phase action, c'est-à-dire que je vais moi aussi décider de ma vie. Je ne sais si les Bergen me prennent pour l'un de leurs enfants, peut-être ne font-ils pas la différence, puisqu'il semble qu'ils me protègent, m'accompagnent, me paient mes achats et que je m'installe sur le siège arrière du minibus entre Susanne et Thomas. Nous roulons à peine quelques kilomètres et monsieur Bergen arrête la voiture sur le bord d'une petite route déserte, en plein no man's land, et je m'inquiète de la suite. La suite est simple, les parents allument une cigarette en descendant de voiture et respirent à pleins poumons, comme si nous étions sur le haut d'une falaise, face à une mer aux reflets scintillants. Les sourires dessinés sur leurs lèvres, censés traduire leur bien-être, me sont autant de signes pénibles, parce que les sourires des parents pour l'instant n'ont jamais signifié rien de bon. J'observe plutôt les enfants qui semblent indifférents à cette promenade du dimanche, et je repense aux promenades françaises, à vélo jusqu'au château d'eau, ou encore à pied le long de la voie de halage qui borde le fleuve, qui nous rendaient fous mes frères et moi dès lors que nous entrions dans l'adolescence. Seule consolation, nous étions ensemble, Simon en râleur professionnel, Léo en petit dernier imitant ses aînés, et moi exaspérée de ne pouvoir rejoindre mes copines qui, elles, restaient des après-midi entiers dans leurs chambres sans subir le leitmotiv de parents dont l'obsession était que leurs enfants s'aèrent. Aussi ils pensaient que, si nous ne respirions pas un autre air que celui de l'appartement, nous allions nous dégonfler comme des baudruches. Une fois sur le chemin, au lieu de nous laisser digérer notre colère en paix, ils voulaient encore que nous marchions à vive allure, pour que le sang circule, pour que les impuretés quittent nos corps de citadins racornis. Nous étions ridicules, mes parents dans leurs survêtements parfaitement repassés, plusieurs dizaines de mètres en avant, et nous trois traînant la jambe, jurant que c'était la dernière fois, que nous aurions le courage de résister la semaine suivante, mais riant aussi de notre condition d'enfants bien éduqués, idéalement formatés pour que retombe sur nos parents l'admiration dont feraient preuve leurs amis et la société tout entière. Susanne et Thomas partent devant, coupant par un champ plus boueux que neigeux, puis m'attendent bientôt. Nous avançons de front, nos têtes rentrées dans nos capuches, nos mains dans les poches, portant les petits sacs à dos contenant le pique-nique. Quelques centaines de mètres plus loin, j'aperçois les miradors et je comprends que la frontière est là, face à nous, qui sépare les deux Allemagnes. Je n'en reviens pas de me trouver ici, sur la ligne souvent évoquée en cours d'histoire, la ligne symbolique mais absolument réelle, marquée par un grillage haut de plusieurs mètres. Monsieur Bergen me tend les jumelles et je peux apercevoir, après avoir fait le point, les soldats montant la garde en haut des miradors, armés et casqués, des hommes en chair et en os dont la présence dissuasive me fait frôler l'intensité de la situation et éprouver soudain le poids de l'Histoire. Si j'avais passé mon bac, je serais certainement tombée sur la dernière guerre mondiale, il y avait de fortes probabilités. Mais sans le savoir, j'ai fait le voyage pour me rendre compte par moi-même et ce dimanche est peut-être mon cours d'histoire le plus précieux. Des panneaux accrochés au grillage mettent en garde celui qui aurait l'idée de le franchir, et je reconnais bien le mot « Lebensgefahr » qui signifie « danger de mort », alors que « Leben » veut dire « vie ». Question de logique. Danger pour la vie.

Nous sortons le pique-nique de nos sacs à quelques mètres du panneau, et d'autres familles arrivent, qui font la même promenade, évaluent les miradors, tiennent leurs chiens en laisse, et sortent le pain de seigle et les tranches de salami. Nous n'avons rien pour nous asseoir, aussi nous mangeons debout, tournés vers l'est et l'étendue de neige à perte de vue prend soudain une signification différente. Je sais que derrière la frontière existe un monde interdit, dont on imagine qu'il est effrayant parce que inconnu. Susanne me tend une pomme et me dit que sa grand-mère habite de l'autre côté.

Je voudrais lire *La Montagne magique* en allemand, pensant que le livre me permettrait de faire des progrès rapides. Il n'est pas disponible à la bibliothèque, je l'achète dans une librairie, persuadée que je vais venir à bout de l'épais volume d'ici la fin de mon séjour. Aussi je m'astreins à lire une ou deux pages chaque soir, à chercher dans le dictionnaire tous les mots que je ne comprends pas et à les répertorier dans un cahier. Après avoir plié le linge et assemblé les chaussettes, après avoir débarrassé la table et mis en route le lave-vaisselle, après avoir aidé Susanne à ranger sa chambre, après avoir écrit une longue lettre à Simon, je retrouve soir après soir Hans Castorp, ce jeune homme orphelin en visite dans un sanatorium de Davos. Hans dont le périple va me permettre de plonger en langue allemande et dans l'histoire allemande. Je mets ma confiance entre les mains du pauvre héros de Thomas Mann, espérant qu'il va me détourner de mon passé et me faire supporter mon présent. C'est ce que j'imagine, et je m'applique, le soir, à rattraper le temps perdu.

Je brosse les longs cheveux de Susanne et elle se laisse faire désormais sans grimacer. Le jour commence à se lever quand nous parvenons à l'arrêt de la navette scolaire. Je joue aux cartes avec les enfants et Susanne et moi nous bagarrons parfois sur le tapis du salon, incompréhensiblement c'est Susanne qui a toujours le dessus. Sans doute sa nervosité et son poids presque équivalent au mien. Je reste de longues heures à faire du repassage devant la télévision et je comprends mieux l'enchaînement des phrases. Madame Bergen allume une cigarette après l'autre et j'ose lui dire que ce n'est pas bon pour elle. Elle sourit tristement et je n'aime pas la façon dont ses yeux se détournent. Monsieur Bergen se lève tard et boit plusieurs cafés, toujours installé dans le même fauteuil. Puis il remonte à l'étage et prend un bain qui n'en finit pas. Thomas démarre sa mobylette, revient au milieu de l'après-midi, secoue ses cheveux en enlevant le casque et se précipite dans la cuisine pour voir ce qu'il pourrait manger. Sa mobylette perd toujours de l'essence et l'odeur dans ma chambre est toujours irrespirable. Madame Bergen m'accompagne régulièrement à la bibliothèque et nous arrivons encore parfois après la fermeture. Elle sort de temps en temps dans la neige le samedi matin et lance des pommes de pin que Naphta saisit au vol. J'accompagne madame Bergen au supermarché mais elle n'achète plus de tranches de foie. Elle me donne mon argent de poche toutes les semaines et je ne sais toujours pas quels sont mes horaires de travail. Ma mère téléphone en principe le week-end, toujours pour ne rien dire, il lui arrive rarement de me passer mon père. Je reçois des lettres de Simon, longues ou d'une seule page, et c'est le meilleur moment de la semaine. Ce que j'aime ici c'est être allongée sur mon lit, écouter une cassette des Stranglers, « No more heroes any more », la musique que m'envoie mon frère. Je lis les lettres de Simon une première fois, puis une fois encore, puis relis les passages qui me font plaisir. Ses lettres sont drôles, j'aime l'humour de mon frère, la façon dont il fait du rose avec du noir, heureusement qu'il a ce talent parce qu'il faut être fort pour recycler tout le noir qui l'entoure. Quand je lis ses mots, j'entends sa voix, j'entends la légère ironie de son ton, je vois ses yeux sombres, mais je me tiens désormais à distance de ses yeux à cause de ce qu'il m'est arrivé d'y lire. Thomas regarde la télévision dans sa chambre, Susanne regarde la télévision dans la chambre de son frère. Madame Bergen fait souvent brûler les toasts du dimanche matin. Monsieur Bergen répond au téléphone avec un flegme qui me fait rire. Madame Bergen ne vide pas l'eau de la baignoire quand elle prend un bain. Les enfants sont invités à se baigner à sa suite. Le linge sale s'accumule dans la corbeille mais madame Bergen n'est jamais pressée que je fasse une lessive. Je sais repasser les chemises de monsieur Bergen sans faire de pli. Thomas ne porte pas encore de chemises, seulement des sweat-shirts à capuche. Thomas me rejoint souvent dans la buanderie, c'est l'endroit que nous préférons pour parler. Il y fait chaud à cause de la chaudière qui se met en route à intervalles réguliers. Thomas s'assoit sur la machine à laver et moi je m'appuie contre le grand lavabo.

Les amis des Bergen viennent parfois à la maison le samedi et les soirées se prolongent dans la discothèque, à côté de ma chambre. Il ne se passe rien de particulier. Il s'agit toujours des mêmes couples. Chacun parle fort pour se faire entendre à cause de la musique qui fait un peu trembler les cloisons recouvertes de bois. Tous boivent de la bière, sauf moi, malheureusement, qui n'aime pas la bière, ce qui m'oblige à me faire remarquer. Je prends un Coca-Cola et les amis des Bergen en déduisent que les Français boivent du Coca-Cola, comme si je représentais la France entière. Il est un moment où tout le monde danse et ce qui est compliqué est qu'à cause de moi nous sommes sept, ou neuf, un chiffre impair, et que les danseurs se sentent gênés de m'ignorer. Je regarde les adultes danser et au lieu d'être portée par la musique et la lumière des spots, j'ai envie de pleurer, je me demande ce que je fais là, un samedi soir à plus de mille kilomètres de chez moi, alors que chacun s'amuse, chacun est dans sa vie, pleinement, dans la chronologie de son histoire, au cœur d'un week-end qui se passe si bien. Moi seule suis incapable de profiter de l'instant présent, même si je bats la mesure avec le pied, pour montrer de l'enthousiasme. Ce qui m'inquiète est la pitié que j'inspire sûrement, cela me dégoûte que les amis des Bergen, attentifs et prévenants, se dévouent pour que je participe moi aussi aux réjouissances et je crains par-dessus tout quand l'un des hommes m'invite à danser, laissant tomber sa femme provisoirement, sa femme heureuse en apparence que son mari fasse preuve de générosité. Je me retrouve alors sur la piste, dans les bras d'un inconnu, à chercher mes pas, comme d'habitude je cherche mes mots. Je me laisse guider par l'homme, contrainte de sourire pour paraître détendue, et je me concentre sur le tempo, essayant de n'être pas totalement à côté de la plaque. Je demeure figée, plus raide que je ne voudrais, et me reviennent en mémoire les soirées où je dansais avec mon père, lors du mariage de mes cousins, je devais avoir treize ans, les nuits interminables dans des restaurants de campagne où la musique résonnait jusqu'au petit matin. Les nuits où s'enchaînaient les valses, les paso doble et les marches, alors que les jeunes s'impatientaient et demandaient du disco. Je me souviens de mon père me montrant chacun des pas, de sa patience affectueuse, lui qui dansait impeccablement, et moi me prenant les pieds dans ma robe longue, m'accrochant à ses bras, me laissant guider et éprouvant alors une paix très grande, pendant que mes deux frères se moquaient en me regardant tournoyer, sans doute un peu jaloux. Cette sensation me revient, que je n'ai jamais retrouvée, comme si elle appartenait à un temps ancien, une époque devenue taboue, celle où nous étions une famille, celle où mon père et ma mère s'enlaçaient sur la piste de danse quand c'était le quart d'heure du tango, et que tout le monde enviait parce qu'ils allaient si bien ensemble. Les larmes me viennent et je me concentre sur mes pieds, mais je me sens gauche et ridicule, je me laisse guider sans résister, et bientôt un cercle se forme autour de nous, un cercle aux visages hilares qui marque la mesure en tapant dans les mains, comme si cet instant était un baptême, comme si j'étais une personne digne d'intérêt, et je me sens soudain comme un objet qu'on montre, une curiosité qu'on exhibe, alors que les Bergen et leurs amis ne font que témoigner leur sympathie, je suis au centre malgré moi et je sens les regards des hommes et des femmes sur mon corps de dix-sept ans, je sens qu'ils s'approchent, transpirant sous les lumières rouges et vertes, captivés comme si j'étais en train d'exécuter une danse du ventre, quelqu'un met la musique plus fort et la fête est à son comble, mon partenaire me fait tourner une dernière fois avant de me confier à un autre danseur, et je passe d'homme en homme une partie de la soirée, je regrette alors de ne pas aimer la bière, parce que si j'avais bu un peu, je ne serais pas encombrée de toute ma lucidité et l'impression de réel ne me percuterait pas aussi violemment.

C'est moi qui débarrasse la discothèque une fois le jour levé, qui mets dans un sac-poubelle les restes de nourriture et de vaisselle en carton, c'est moi qui passe l'aspirateur, puis la serpillière sur le sol taché, sans que quiconque me le demande, mais j'ai besoin d'effacer les traces de la nuit, j'ai besoin de passer à l'action, maîtriser, organiser, alors que quelques heures plus tôt je ne décidais rien, je laissais les adultes disposer de moi, s'amuser avec moi comme si j'étais leur jouet. Il me reste la journée pour faire place nette, nettoyer les lieux, remettre en ordre ce qui a été bousculé. Il me faut aérer la pièce pour que s'échappent l'odeur de cigarette froide et celle de transpiration mêlées, mais la discothèque ne dispose d'aucune fenêtre. L'odeur est imprégnée dans les coussins et les tentures. Je crée un petit courant d'air avec ma chambre dont j'ouvre le vasistas. Je fais circuler l'air dans le sous-sol, c'est mon obsession, et je me demande si j'ai toute ma raison.

Susanne ne va pas à l'école tous les jours. Elle est parfois autorisée à rester à la maison. Je ne sais la raison qui l'empêche de sortir. Je ne suis jamais prévenue à l'avance, cela se décide le matin au réveil. Il arrive qu'elle se cramponne à son lit quand je veux la forcer à se lever. Elle me supplie d'abord de ne pas allumer, puis elle secoue la tête, et si je la touche, elle me repousse si brutalement que je n'ose plus rien demander. J'attends alors quelques minutes, redescends dans la cuisine, prépare le petit déjeuner, tout en sachant que Susanne refusera de le prendre, je coupe le pain, tartine le beurre de cacahouète, mets la cafetière en route et remonte pour faire une nouvelle tentative. J'entre doucement dans la chambre de Susanne, lui fais remarquer que le temps presse, ramasse les vêtements qu'elle a laissés au pied du lit. Je tente une question, à laquelle elle ne pourra répondre ni par oui ni par non. Je demande si elle veut une ou deux tartines, si elle met une robe ou un pantalon. Mais Susanne se tourne de l'autre côté, tire sa couette par-dessus la tête et attend que je sorte. Je m'assois sur le rebord du lit, impuissante, je pense que Susanne fait un caprice, et instinctivement ma colère monte. J'hésite à frapper à la chambre des parents. Je reste un moment debout à écouter derrière la porte. Rien ne semble bouger, ils sont probablement l'un et l'autre encore endormis. Puis j'entends Susanne, qui depuis sa chambre crie que cela ne sert à rien de réveiller les parents, qu'ils sont au courant et qu'ils sont d'accord pour qu'elle reste à la maison. Je ne crois pas Susanne, je l'habille de force mais elle me résiste. Elle se laisse faire enfin et finit par descendre en martelant les marches de son pas rebelle, puis elle se couche sur le canapé du salon, attirant Naphta contre elle, se lovant compulsivement contre le chien. Susanne refuse les tartines que je lui tends, le verre de lait, le verre de jus d'orange. Elle enlève ses bottes après que j'ai réussi à les lui enfiler. Je me retiens. Je me retiens de toutes mes forces, je ne sais comment m'en sortir sans perdre mon sang-froid. Je tente différentes méthodes pour arriver à mes fins, la méthode douce, la méthode complice, la méthode autoritaire, mais aucune attitude ne fait progresser la situation. Elle est toujours allongée sur le canapé, ni lavée ni coiffée, et il va falloir sortir dans moins de cinq minutes si nous voulons être à l'heure à l'arrêt de la navette scolaire. Je finis par dire à Susanne qu'elle doit aller à l'école, et je crois que je trouve le bon verbe, celui qui signifie une obligation, sans alternative, parce que je ne sais quoi inventer d'autre, j'en retourne à mon bon sens primaire, je dis : « Du mußt zur Schule gehen » (Tu dois aller à l'école), et cette petite phrase insignifiante, dénuée de toute nuance, agit comme un ordre, efficace et rassurant, puisque Susanne remet ses bottes, se passe le visage sous le robinet de la cuisine et attache un élastique autour de ses cheveux. Au moment où je referme la porte de la maison, elle me jette un regard mi-accusateur mi-désespéré, qui me rappelle les regards que jetait mon petit frère Léo à mon père quand celui-ci lui refusait une faveur. Nous marchons l'une près de l'autre dans le timide lever du jour, dans le silence encombré du bruit de nos bottes sur la neige presque fondue. Puis, comme tous les matins, Susanne finit par me distancer, accélère la cadence, et c'est le petit jeu qui reprend, sauf que ce matin-là, Susanne me devance tant et si bien qu'elle disparaît après le dernier virage et que personne ne m'attend à l'arrêt de la navette. Je me retourne, tente de scruter la semi-obscurité dans toutes les directions, je me mets à courir mais je ne sais si je vais dans le bon sens. J'appelle bien sûr, des dizaines de fois, j'appelle et supplie Susanne, j'espère qu'elle entend ma voix, j'appelle et demande qu'elle revienne. Je monte à l'orée du bois, mais nulles traces dans la neige déjà maculée de boue, je crie au travers des sapins, et je dis en hurlant des choses insensées, je demande à Susanne de ne pas me laisser seule, j'implore Susanne de ne pas m'abandonner, je crie en français, et bientôt mon cœur s'emballe, je m'enfonce entre les arbres, je me perds dans l'opacité de la forêt, ce n'est plus Susanne que je cherche mais Léo, et je suis bientôt sans voix, ma poitrine me fait mal et je voudrais me coucher là sous les sapins dégoulinant de neige fondue. Je m'accroupis dans les fougères et je reste longtemps, j'ai l'impression d'avoir parcouru ce millier de kilomètres pour oser enfin chercher Léo, c'est ici que j'imagine le trouver, dans le froid humide d'un petit matin désert, sur un chemin mal éclairé qui longe la voie ferrée, mais il n'est pas plus dans cette forêt allemande que sur aucune des terres de la planète. J'ai beau crier, j'ai beau mêler le prénom de Susanne à celui de Léo, ma voix me revient, fluette et fragile, en un écho désespéré, et je comprends, accroupie au pied des arbres, essoufflée et vidée, que Léo ne reviendra pas. Il m'a fallu tout ce temps pour en être sûre. Pas loin d'une année.

Thomas est debout dans la cuisine. Il comprend que quelque chose ne colle pas. Je veux lui dire que Susanne a disparu, mais je ne sais plus si l'on dit « hat verschwunden » (a disparu) ou « ist verschwunden » (est disparue). Je ne veux pas affoler Thomas, je tente de rester calme. Thomas me rassure, Susanne disparaît régulièrement, c'est ce que m'a expliqué madame Bergen il y a déjà longtemps, mais je n'ai pas dû comprendre, j'ai dû me contenter d'approuver bêtement en souriant, n'osant faire répéter la phrase. J'avoue à Thomas que Susanne ne voulait pas aller à l'école et que je l'ai forcée. Je me sens coupable. Il me reprend et dit : « Sie kann nicht » (Elle ne peut pas) et non pas « Sie will nicht » (Elle ne veut pas). J'espère qu'il me dira un jour la différence entre les deux, j'aimerais comprendre ce qui empêche Susanne d'aller à l'école, elle ne semble pas malade, je ne vois rien. Peut-être est-ce la même chose qui m'empêchait de me rendre au lycée ? Un mal invisible qui se loge au creux de l'abdomen, un petit animal affamé qui mange les entrailles et s'installe dans la cage thoracique. Thomas m'accompagne à la recherche de Susanne, nous emmenons Naphta et sommes pleins d'espoir. Susanne n'est pas loin, elle nous rejoint au milieu du chemin. Je suis étonnée de voir à quel point je suis heureuse de la retrouver. Je la serre contre moi, puis nous rentrons tous les trois. Après avoir retiré nos bottes, nous nous laissons tomber sur le canapé. Les parents ne sont pas encore levés.

C'est la première fois que je prends l'autobus seule pour aller en ville. Personne n'a proposé de m'accompagner. J'ai l'impression que les Bergen sont soucieux, ils m'oublient un peu. J'emprunte la petite route qui descend sous la maison, et je marche une dizaine de minutes jusqu'à la voie rapide. J'achète mon ticket et m'installe au fond de l'autobus à moitié vide. La journée est grise et la route mouillée, je suis obligée d'effacer la buée sur la vitre pour voir la campagne au-dehors. Je me laisse bercer par la chaleur qui bientôt me donne mal à la tête. La neige a fondu et cela crée une atmosphère en demi-teinte, une impression de sépia et de temps anciens. Et je me sens décalée dans ce paysage étranger, je me sens d'une autre époque et d'une autre existence, et je regarde les forêts et les champs comme s'ils n'étaient qu'une image provisoire, un décor sans consistance et sans réalité. Je laisse ma tête reposer contre la vitre froide et je sens la fatigue monter en moi, peser de tout son poids dans chacun de mes membres. La fatigue qui m'habite depuis tout ce temps. Je pense à Simon si éloigné de moi, et le manque de Simon me transperce, à moins que ce ne soit le manque de Léo, je ne sais plus faire la différence. Je suis partie pour aménager le vide, pour le remplir d'autres ciels, d'autres mots. Mais le vide creuse en moi de nouvelles galeries, m'attend là où je ne l'imaginais pas. L'autobus roule doucement et j'aimerais m'endormir contre la vitre. Oublier que je dois descendre à l'entrée de la ville, me rendre à la bibliothèque, et encore lire et écrire, en langue étrangère, me vider de ma substance, remplacer ma mémoire française par des phrases allemandes, par des personnages d'un autre siècle, d'une autre condition, qui luttent aussi contre le temps et contre la mort. Mais la mort des autres n'est pas un déchirement, je le vois bien quand je lis *La Montagne magique*, la peur de la mort donne un sens, au contraire, elle fait tenir debout le livre entier, elle tient en haleine, elle rassemble les mots de l'écrivain. Mais la vraie mort, celle qui n'est pas dans les livres, je me demande comment on la traverse, et si on en sort un jour. Je pensais qu'il suffisait de parcourir plus de mille kilomètres, mais la mort de Léo est juste derrière la vitre de l'autobus, elle est dans l'habitacle, elle est le soir dans mon lit, elle est dans la musique de Joy Division que j'écoute sous les draps, elle est dans les gestes de Thomas qui démarre sa mobylette tous les matins, elle fait partie de moi et je ne peux me séparer de moi.

Je marche dans les rues avant d'aller à la bibliothèque, je repousse le moment où je vais me mettre au travail. Personne ne m'oblige à lire ni à écrire, personne n'attend rien de moi. La bibliothèque n'est que mon alibi, le scénario que j'invente, pour m'échapper de la maison des Bergen, pour avoir l'illusion de construire une histoire, quelque chose qui n'appartienne qu'à moi. J'ai besoin d'un compagnon de route, et j'ai choisi Thomas Mann, par commodité peut-être, puisque la ville est imprégnée de sa présence, mais aussi parce que je suis intriguée par cet homme, dont je ne sais rien si ce n'est qu'il a séjourné, comme son personnage, dans un sanatorium et qu'il a combattu le nazisme toute sa vie. J'apprends, en feuilletant les ouvrages de la bibliothèque, que Thomas Mann est également l'auteur de *La Mort à Venise*, qu'il a publié *La Montagne magique* en 1924, un roman qu'il a mis plus de dix ans à écrire, et qu'il a obtenu le prix Nobel en 1929. Je découvre encore que l'écrivain s'est exilé en Suisse dès 1933, puis aux États-Unis et, s'il est enfin rentré en Europe longtemps après la fin de la guerre, il a définitivement refusé de vivre sur le sol allemand. Je marche et le vent se lève, le ciel se dégage et le cri des mouettes m'accompagne un moment. Les premiers rayons du soleil jettent une lumière soudaine sur les façades de brique et l'odeur de la mer me parvient pour la première fois.

Quand je dis à ma mère que je sais repasser des chemises, je l'entends rire à l'autre bout du fil comme si cette nouvelle la mettait en joie. Mais c'est un petit rire forcé dont il s'agit, un rire où pointe une ironie légère. Puis elle me demande si je m'entends toujours bien avec les enfants, et je réponds que nous faisons des crêpes quand ils rentrent de l'école, que nous allons promener le chien et que nous jouons au ping-pong dans le sous-sol (ce n'est pas un vrai mensonge, il y a une table de ping-pong repliée dans un coin). J'ajoute que je prends l'autobus pour aller en ville et que je passe du temps à la bibliothèque. Elle fait allusion aux lettres que j'envoie à Simon, et elle laisse un blanc, me tend une perche que je ne saisis pas. Je comprends son sous-entendu, mais je n'ai rien à dire justement, oui j'écris à Simon, et j'imagine toujours, quand je choisis mes mots pour Simon, que ces mots pourraient être lus par ma mère, s'il lui arrivait d'ouvrir la lettre, je ne sais pourquoi, je ne peux m'empêcher de penser à cela, que ma mère pourrait être tentée, lorsqu'une lettre arrive dans la boîte, avec un timbre allemand, de l'ouvrir pour apprendre ce qu'elle ignore. Et en même temps, je ne suis pas sûre que ma mère ait vraiment envie de savoir ce que nous nous confions, Simon et moi. Je pense qu'elle hésite, qu'elle tient la lettre entre ses mains et qu'elle est prise entre deux élans contradictoires. Je ne suis pas sûre que ma mère ait compris mon départ, comment l'aurait-elle pu ? Je n'ai rien dit pour la mettre sur la voie. Je ne savais pas moi-même, tout était si compliqué. Le lycée que j'ai décidé d'arrêter, à quelques mois du bac, l'impossibilité d'aller en cours, les journées passées à la maison, sans but ni consistance, l'inscription dans une agence d'intérim, les quelques jours travaillés dans un entrepôt à mettre des limes à ongles en sachets, les soirées où ma mère essayait de m'arracher des mots et où je ne voyais rien qui ressemblait à l'avenir. Je ne savais pas ce que je voulais mais je commençais à comprendre ce que je ne pouvais plus supporter : la maison avec mes parents dans le huis clos de leur culpabilité, leurs efforts pour apprivoiser leur chagrin, pour dépasser leurs pulsions haineuses, les nouvelles trouvailles de ma mère pour nous « changer les idées », sa façon de vouloir « positiver », son obstination à surmonter, à être forte et exemplaire, ma mère que nous n'avons jamais vue pleurer, ni se plaindre, ni même évoquer sa douleur, non, surtout pas, ma mère avec son masque de faussaire, ses déclarations volontaristes, ses phrases toutes faites qui me glacent, son combat de femme insubmersible, invincible, increvable, ma mère qui en souriant jour après jour, comme si elle était habitée par Dieu, en fuyant chaque début de conversation, a définitivement éloigné de nous la possibilité de laisser un espace à Léo, même le plus infime, ma mère, en donnant à voir aux voisins et à la famille ce qu'elle croit être un visage de femme digne, a tout simplement tracé une croix sur l'existence de Léo, et donc sur notre mémoire. Et ce qu'elle me dit, une fois par semaine au téléphone, la façon dont elle tourne ses phrases, dont elle ne prend aucun risque, jusqu'à l'intonation de sa voix, me prouve qu'elle n'est pas sortie de son enfermement et aussi qu'elle s'inquiète pour moi. Alors je fais comme elle, j'ai bien retenu la leçon, je ne me plains pas, je lui dis qu'avec l'arrivée du printemps nous irons au Danemark en bateau. Et elle se réjouit pour moi à l'avance, quelle veinarde je fais.

Quand monsieur et madame Bergen descendent, ils ne sont pas comme d'habitude. Ils boivent leur café en fumant, exactement comme tous les jours, mais l'atmosphère qu'ils dégagent est étrangement chargée. Leurs gestes s'accomplissent dans une tension inédite. Je pense qu'ils se sont disputés. Il est près de onze heures quand ils se décident à rassembler leurs affaires pour partir. Avant de franchir la porte de la maison, madame Bergen me précise qu'ils rentreront tard dans la soirée et me demande de faire dîner les enfants avant leur retour. Je lui fais répéter pour être sûre, oui, nous pouvons nous mettre à table, elle ne sait pas à quelle heure ils seront là. Puis elle remonte à l'étage, comme si elle y avait oublié quelque chose. Monsieur Bergen attend dans le hall d'entrée depuis un moment, ni impatient ni énervé. Son calme m'étonne. Je ne l'ai jamais vu s'emporter, ni après les enfants, ni après le chien, qui court parfois dans la maison les pattes pleines de neige, ni après sa femme qui semble ne jamais savoir ce qu'elle veut. Il allume une nouvelle cigarette et son regard croise le mien. Nous ne savons quoi nous dire avec nos yeux, alors nous sourions doucement, pas bêtement, doucement, comme si ce sourire était une parole, une vraie parole, dans aucune langue, disons une parole bienveillante, ou plutôt encourageante. Comme si je le remerciais en silence, d'être toujours d'humeur égale, d'être simplement ce qu'il est, l'homme de la maison, distant et énigmatique bien que je le soupçonne de n'être pas toujours très subtil. Monsieur Bergen porte en lui quelque chose de lourd, qui le dépasse probablement. Il semble n'être jamais vraiment à sa place, toujours un peu à côté, je crois qu'il évite de gêner, il est discret et encombrant à la fois, comme en cet instant où il attend sa femme dans le hall d'entrée, il n'a pas l'idée de démarrer la voiture, de la mettre dans le sens de la marche, non il ne prend pas d'avance sur sa femme, il reste debout sans rien faire, à part fumer, il ne cherche pas à être efficace, il semble même presque perdu, et déjà seul sans celle qui s'éternise à l'étage, dont on finit par se demander ce qu'elle fabrique. Il regarde sa montre, appelle, « Liebling ! » (Chérie !), et je sens dans sa voix la possibilité d'une inquiétude, il appelle à nouveau et monte rejoindre sa femme. Je me suis trompée, ils ne se sont pas disputés, le ton de monsieur Bergen n'est pas celui d'un homme contrarié. Je l'entends ouvrir la porte de leur chambre, puis la refermer derrière lui. Je ne sais ce qui se passe ensuite, s'ils se parlent, s'ils se touchent, je me sens de trop dans la maison, pas autorisée à être le témoin d'un épisode qui devrait se jouer dans une totale intimité. Aussi je m'apprête à descendre au sous-sol quand la porte de leur chambre s'ouvre ; je crois alors percevoir les pleurs de madame Bergen. Je n'ose poursuivre mon chemin, on pourrait penser que je fuis, et pourtant, rester là en plein milieu serait déplacé. Alors, comme si je me sentais coupable, je m'engouffre dans le cabinet de toilette, le temps d'observer comment le scénario évolue. J'entends leurs pas sur les marches, puis dans la cuisine, j'entends un placard qu'on claque, un robinet qu'on ouvre et qu'on referme, je choisis ce moment pour sortir, le plus discrètement possible, et je me trouve dans l'axe de la cuisine, je croise le visage de madame Bergen, toujours en pleurs, et je ne sais rien dire qui pourrait convenir dans un tel cas, déjà en français je serais très embarrassée, mais alors en allemand, quels mots pourrais-je articuler pour être à la hauteur d'une situation aussi délicate, quelle bribe de phrase pourrais-je imaginer pour dire mon empathie ? Une nouvelle fois, je reste muette, comme si j'avais quatre ans, muette d'ignorance, dans une attitude parfaitement inadaptée, je me mords les lèvres machinalement et je hausse les sourcils, ce sont les seuls signes dérisoires que je peux émettre pour témoigner un peu de chaleur à madame Bergen. Monsieur Bergen entoure ses épaules de son bras, l'aide à passer la porte d'entrée et lui ouvre la portière pour qu'elle prenne place dans la voiture. Je me retrouve face à moi-même dans la maison, et les larmes mystérieuses de madame Bergen me laissent un goût d'horrible solitude.

La soirée avec les enfants est gaie et détendue. Je prépare des crêpes et je leur propose de les faire sauter (comme j'en ai parlé à ma mère au téléphone, cela m'a donné l'idée). Je crois que Susanne et Thomas sont contents que leurs parents soient absents, ils investissent la maison autrement, restent moins longtemps dans leurs chambres et gravitent autour de moi. Nous nous installons longtemps dans la cuisine, le chien sur nos talons, et nous amusons à dire quelques gros mots que les enfants m'apprennent, quand une crêpe est ratée ou qu'elle retombe en catastrophe dans la poêle. Nous nous laissons un peu aller, Thomas provoque sa sœur et il me faut intervenir pour qu'il la laisse tranquille, mais nous sommes heureux de n'être que tous les trois et de manger les crêpes avec les mains, ni assis, ni debout, guettant tout de même l'apparition des phares et le bruit du moteur du minibus. Cela me repose de passer une soirée sans avoir à me soucier de mon langage, je mélange l'allemand et le français et cela fait rire les enfants quand je dis : « Scheiß de merde » ou « Dummheit de connerie », et nous donnons un nom, allemand ou français, à chacune des crêpes que nous mangeons. Cela me libère de ne pas avoir à tenir une conversation soutenue avec deux adultes qui me questionnent sans vraiment s'intéresser à moi. Ils m'ont demandé il y a peu où nous allions en vacances, ma famille et moi, est-ce que nous aimions la Côte d'Azur. Je voulais répondre avec humour que mes parents n'apprécient pas la Côte d'Azur l'été parce qu'il y a trop de monde, et trop d'Allemands surtout, mais il m'aurait fallu un sacré doigté pour me permettre une réponse aussi osée. J'aurais voulu expliquer que les Français sont jaloux des Allemands, à cause de leur pouvoir d'achat et de la force du mark, les Français sont complexés quand ils arrivent dans les campings ou les petits hôtels, ils prennent les chambres les moins chères et vont rarement au restaurant, alors que les Allemands commandent des entrées, des desserts et une boisson pour chaque enfant, les Allemands sont les rois en France, ça c'est mon père qui le dit, ils consomment ce que le Français moyen ne peut pas s'offrir. Le Français ne digère pas la puissance du mark ni l'idée d'être un pauvre chez soi, si mon père était là, il en dirait des kilomètres, ou plutôt il ne dirait rien, il ferait profil bas, parce que ma mère tenterait de le museler. C'est le genre de conversation qui est impossible avec les Bergen, parce que je ne perçois pas les nuances de leur point de vue, je ne sais ce que je peux me permettre, je ne peux mesurer leur degré d'humour ni leur point de résistance. Et pour exprimer une pensée aussi brutale que celle de mon père vis-à-vis des Allemands qui passent leurs vacances en France, il me faudrait une palette de mots plus élaborée que mes basiques « j'aime ou j'aime pas », « je connais, je ne connais pas », « je sais, je ne sais pas ». Je me souviens qu'à la question de la Côte d'Azur, j'avais répondu que oui, nous aimions la Côte d'Azur, ce à quoi les Bergen avaient ajouté qu'eux aussi, ponctuant leur phrase d'un démonstratif « sehr schön ! » (très beau !) pour me faire plaisir et rester à mon petit niveau. Je n'avais pas jugé utile, parce que trop fastidieux, d'expliquer que mes parents préféraient la Bretagne, le plateau du Vercors ou les volcans d'Auvergne, tous ces lieux déserts et sans intérêt où nous avions traîné nos étés mes frères et moi. J'avais seulement précisé que la Bretagne c'était très beau aussi, mais comme ils semblaient ne pas connaître, je n'avais pas insisté et la conversation avait piqué du nez, comme le plus souvent. Ils m'avaient oubliée pour s'adresser aux enfants. Je me souviens que j'avais eu tout de même un dernier sursaut parce que j'avais tenu à ajouter que ce que j'aimais en Bretagne, c'était les crêpes (Pfannkuchen) justement et aussi manger du crabe (Krabbe ou Krebs, je confonds les deux mots), je ne sais pourquoi j'avais dit cela parce que lors de nos vacances en Bretagne, nous n'avions jamais mangé de crabe, mais j'en avais toujours rêvé.

Je comprends instinctivement que les mensonges que je commets en allemand ne sont pas de véritables mensonges. Si je ne peux exprimer ce que j'ai fait réellement, j'exprime ce que je n'ai pas fait, mais aurais pu faire. L'écart n'est parfois pas si grand. Si je ne peux exprimer ce que je pense vraiment, j'exprime ce que je pourrais penser. Finalement, qui s'en plaindra ? Je comprends que le passé, l'existence et les goûts de chacun n'ont que peu d'importance dans la situation présente. Quelle différence pour les Bergen que j'habite Paris ou Lyon, que j'aime la mer ou la montagne, que ma perruche se soit ou non envolée ? L'enjeu est simple, comme dans toute situation de travail : donner à voir le meilleur de soi-même, ne pas attirer l'attention, ne pas se montrer original ou tourmenté, être neutre tout en étant de bonne humeur, être docile sans être soumis, être attentif sans être intime et s'adapter à toutes les circonstances. Pour réussir ce tour de force, c'est-à-dire trouver la bonne distance et la bonne place, sans l'outil primordial du langage, il faut une vigilance de tous les instants, une acuité démultipliée. Il faut être inventif et rusé. Il faut mesurer ce que l'on dit, ce que l'on croit avoir dit, ce que l'on imagine avoir compris, il faut mesurer la façon dont les mots s'inscrivent en soi, les mots étrangers qui souvent résonnent sans faire sens, mais s'insinuent malgré tout sous la peau, il faut rester éveillé et conscient, accepter d'apprendre sans comprendre, d'agir sans savoir, il faut laisser infuser sans angoisse, ne pas avoir peur de structurer son cerveau autrement, être perméable mais pas poreux, il faut se faire oublier sans s'oublier, raser les murs sans se perdre, être ici et là à la fois, il faut savoir interpréter plus qu'entendre, il faut donner l'impression d'être d'accord sans être dépassé. Il faut que j'aie des antennes, que je sois double en permanence, à l'affût du moindre signe, du moindre indice.

Mais ce qui complique la donne est que la fille au pair n'est pas une fille dans une simple situation de travail. On attend d'elle un service rendu mais aussi une présence particulière, une façon d'être, la construction d'un lien, on attend d'elle qu'elle donne de son temps, de sa patience, de son énergie, comme le ferait une grande sœur éternellement bien disposée. On attend d'elle qu'elle mette en scène la touche d'exotisme qui fait la différence, celle pour quoi on l'a choisie et qui valorise la famille par sa présence « si particulière », par son style français inimitable, qu'elle-même ignore évidemment. En échange on lui donne des mots, des phrases, des intonations, des constructions grammaticales, de la culture allemande, historique, géographique et parfois artistique. Une présence contre une langue, un soin contre le logis et le couvert. Manger, dormir, parler. Mais on lui donne aussi de la chaleur humaine, de la matière humaine, des sacs de nœuds, des conflits, des non-dits, des odeurs d'essence et du linge intime à plier, on lui donne des énigmes à résoudre, des cris et des larmes, des rires et des portes qui claquent, des baignoires à vider, des enfants qui disparaissent dans la forêt. On veut une fille gaie, dynamique, efficace, généreuse et inventive. On veut une fille qui redonne vie à la famille, un élément qui redonne corps, on veut quelqu'un qui ouvre les fenêtres, chasse l'air vicié, traque les mauvaises habitudes et réinvente une façon de vivre ensemble. On n'a pas tant besoin d'elle pour le repassage que pour une remise en forme généralisée. On veut une fée, une jeune fille épanouie qui respire la vie à pleins poumons. Mais elle, qui s'inquiète de savoir qui elle est ? On ne lui demande pas d'avoir une existence, d'avoir un passé, ni même un tempérament. On ne veut surtout pas connaître le détail de son histoire, on a bien compris qu'elle voulait apprendre l'allemand, on est heureux qu'elle soit tombée chez nous plutôt que chez les voisins, on trouve marrante la musique qu'elle écoute, on lui demande une fois quel est le métier de ses parents, à quoi elle répond que son père vend des voitures japonaises, ce qui fut vrai un temps, et que sa mère est professeur de français, ce qui est faux. Je me dilue dans l'image d'une fille qui est une autre que moi, je compose petit à petit un nouveau personnage dans lequel je me glisse en douceur. Cela me fait du bien de changer d'identité, de m'inventer d'autres parents, d'avoir une mère professeur de français et un petit frère encore en vie.

J'aime la façon dont Thomas Mann parle du passage du temps, j'ai lu presque cent pages mais une seule journée s'est écoulée dans la vie de Hans Castorp, à un rythme particulier, parce qu'au sanatorium rien n'arrive jamais, et le moindre fait est un événement qui marque en profondeur les êtres en sursis. Rien ne se passe ici que l'attente, les multiples repas, les conversations mondaines, les cures de repos obligatoires dans l'air vif du balcon et les visites du médecin, la peur du diagnostic. Prendre sa température est une épopée dès lors que la vie du malade en dépend. Je suis intriguée par la façon dont Thomas Mann parle de la maladie, comment elle creuse d'invisibles sillons, comment la mort arrive sans qu'il la considère jamais comme un drame. Je ne comprends pas comment je m'accroche à ce livre, il n'y a aucune action, aucun rebondissement mais un long souffle lancinant qui me fascine et finit par opérer comme un suspens permanent.

Le départ pour le Danemark se fait tôt le matin. La veille, nous avons préparé les sandwichs dans la cuisine. Thomas et Susanne sont prêts, monsieur Bergen s'occupe du petit déjeuner, traînant ses mules d'un espace à l'autre, une cigarette aux lèvres. Madame Bergen n'est pas encore descendue, elle attend probablement le dernier moment. La matinée est d'une texture inhabituelle. Un calme presque menaçant. Un souffle que l'on retient. Quand monsieur Bergen me propose de m'asseoir devant, dans le minibus, je comprends que madame Bergen ne viendra pas. Je n'ose pas poser la question. Tout le monde semble faire comme si de rien n'était. Encore une fois, je m'en veux de n'avoir pas noté une donnée essentielle. Nous roulons dans le matin désert, prenons la route du Nord, celle qui nous avait conduits à la frontière. Les enfants somnolent à l'arrière et je n'aime pas être à la droite de monsieur Bergen, dans le silence qui nous sépare ou plutôt qui nous lie. La route est longue et le paysage d'une parfaite monotonie, une alternance de forêts et de champs tout juste sortis de l'hiver. Ensuite nous longeons la mer et des plages de sable gris puis nous nous laissons prendre dans le trafic d'un port de pêche aux quais étroits peuplés de promeneurs emmitouflés. Un vent violent nous saisit quand nous sortons de la voiture, et j'envie madame Bergen, restée à la maison. Je n'ai pas l'énergie de faire du tourisme, de découvrir les environs, de me laisser surprendre par les odeurs, la lumière, les teintes contrastées de la mer, je n'ai pas envie de marcher le long de la jetée, d'entendre le cri des mouettes qui est en tous pays le même rire aigu, de monter les quelques marches au pied du phare et poser pour une photo, entourée des enfants, nos têtes enfoncées dans nos bonnets. Je n'ai pas le cœur à sourire, et pourtant je souris, je serre Thomas et Susanne contre moi et nous trois demeurons plantés bien droits, le visage balayé par le vent du large, les yeux plissés, en attendant que monsieur Bergen ajuste son objectif. Je n'ai pas envie de respirer mais je laisse quand même l'air froid remplir mes poumons, je me laisse traverser par le souffle glacé venu du Danemark, ce pays où nous accosterons dans la journée. Susanne me donne la main, elle ne me lâche pas, comme si j'étais son repère. Susanne me regarde, me cherche, m'attend, prend mon avis à chaque pas. Susanne en fait toujours un peu trop. Je sens que cette journée restera inscrite. Je ne peux pas éviter de la vivre, je dois encore faire tout ce que l'on attend de moi, monter sur le bateau, remercier pour le billet payé par monsieur Bergen, supporter la mer houleuse qui donne envie de vomir, demeurer dans le froid du pont supérieur, je dois dire à quel point c'est beau et étonnant, je dois montrer mon enthousiasme, faire semblant de me réjouir d'apercevoir la côte du Danemark quand elle apparaît soudain, je dois parler aussi, faire d'inévitables comparaisons, évoquer les voyages en bateau que j'ai déjà entrepris (sous peine de rester muette encore une fois), inventer une traversée vers la Corse qui n'a jamais eu lieu, une improbable tempête, la présence de dauphins qui accompagnent l'embarcation, je dois imaginer, remodeler la réalité, l'adapter à ce qui convient, la faire entrer dans les cases qui me sont proposées, simplement pour exister, pour avoir une toute petite épaisseur. Je ne peux pas dire, par exemple, que je n'aime pas le bateau, que j'ai la nausée (vraiment), que je voulais rester couchée ce dimanche, enfermée dans mon réduit au sous-sol de la maison, à respirer les odeurs d'essence en écoutant de la musique, et relire à l'infini les lettres de Simon. Je ne peux pas laisser tomber monsieur Bergen qui semble faire des efforts démesurés pour s'occuper de ses enfants, pendant que sa femme, défaillante, se barricade entre les murs de leur maison. Je ne sais pas parler mais je comprends cela, alors je deviens malgré moi l'alliée de monsieur Bergen, quelque chose m'ordonne de ne pas lui compliquer la vie, de ne pas ajouter à son impuissance, lui qui tente par tous les moyens d'apprivoiser le temps, de faire de cette journée morose un petit événement qui s'ancrera dans la vie des enfants, comme dans la sienne, qui marquera le cours de leur existence d'une pierre dont l'éclat particulier ressemblera à un moment heureux. Je comprends que cette traversée est une première fois, ce projet toujours reporté voit enfin le jour et cela est probablement une petite victoire pour monsieur Bergen, qui sait que plus tard il se remémorera, avec Susanne et Thomas, le jour où ils ont pris le bateau pour le Danemark, c'était avec la fille au pair. Ils regarderont les photos et ils ne seront plus très sûrs, ils voudront vérifier que madame Bergen n'était pas là. Le débarquement se fait dans la joie, réelle cette fois, comme si nous étions fiers d'avoir affronté l'épreuve d'une mer agitée. Susanne et Thomas s'éloignent en courant comme deux jeunes animaux qui ont besoin d'exercice. Monsieur Bergen ne sait comment enchaîner, il rassemble son sac, son chapeau, tente d'allumer une cigarette à l'abri du vent, et pour la première fois il me tend le paquet, et ce geste surprenant, ce geste qui pourrait choquer n'importe quel parent, est le signe de reconnaissance que j'attendais peut-être, nul besoin de mots et de vocabulaire pour comprendre de quoi il s'agit en cet instant, ce geste si évident, m'invitant à partager la complicité d'une cigarette fumée ensemble. Monsieur Bergen m'admet dans le monde des adultes, c'est ce que je ressens confusément. Nos regards se croisent peu et nos phrases sont brèves. Mais quelque chose a lieu, qu'on ne peut ignorer. Un pas a été franchi, je ne sais pas encore dans quelle direction.

Nous marchons sur la plage, Susanne ramasse des coquillages pour sa maman, saute de ponton en ponton, se penche au-dessus de l'eau et n'évite aucun danger. Il faut la suivre, la rappeler à l'ordre à tout instant, puis bientôt lui imposer de rester près de nous. Thomas commence à traîner et ne semble pas enchanté de la promenade au Danemark. Il disparaît sous sa capuche et se retire ainsi du monde, fait l'impossible pour devenir inaccessible. Monsieur Bergen marche devant sans commenter le paysage, la tête baissée pour affronter le vent. Je ne sais combien de temps nous allons marcher, j'avance sur la plage, j'ai faim. Nous nous asseyons à l'abri d'un bosquet de pins en retrait du rivage et sortons les sandwichs. Susanne ne s'arrête plus de manger, comme souvent. Elle a, depuis ce matin, son regard que je n'aime pas, vide et lointain, un regard d'enfant traversée par une inquiétude. Je me demande ce que nous ferions, là, si Susanne décidait de disparaître. Mais Susanne n'a pas l'intention de disparaître, elle se serre contre moi et demande si elle peut terminer le gâteau que je viens d'entamer. Thomas voudrait savoir à quelle heure on prend le bateau pour rentrer. Monsieur Bergen lève les yeux au ciel, répond qu'il a prévu la promenade pour eux, oui, c'est pour eux que nous sommes au Danemark, c'est pour eux qu'il se donne tout ce mal. Puis il rajoute *in extremis* :

« Auch für Laura, natürlich. » (Pour Laura aussi, bien sûr.) Nous marchons le long de la forêt de pins, claire et odorante, et soudain je suis contente d'être là, je ne sais comment cela arrive en un instant, comment, le ventre rempli et les paroles de monsieur Bergen dans la tête, je me sens vivante soudain, oui, je crois que c'est cela, je suis vivante, j'avance à petits pas sur un chemin sableux, qui s'enfonce doucement sous mes pas, le soleil se glisse entre les nuages, il est là tout près, et je sens mon sang qui circule dans mes veines, je me dis, l'espace d'une seconde, que tout va bien, oui, tout va bien, ici, à l'autre bout du monde, sur cette presqu'île danoise, entre le ciel et la mer, je n'ai qu'à me laisser porter par la vie des autres, me laisser emmener là où ils le décident, je peux me reposer enfin, la main de Susanne dans la mienne, je n'ai qu'à mettre un pied devant l'autre, c'est simple, regarder les bateaux qui bougent sur l'eau, me laisser gagner par les reflets de lumière qui jouent à la surface, je n'ai qu'à être là, prise en charge par ma famille allemande, je n'ai qu'à suivre le mouvement, me laisser guider, oui, me laisser emporter, comme si j'étais devenue à nouveau une petite fille, une enfant qu'on transporte, qu'on déplace d'un endroit à l'autre, qu'on nourrit, qu'on habille, à qui on propose des jeux et des surprises. Je redeviens une enfant en même temps que j'accède au monde des adultes, c'est étrange et incompatible, mais dans cette dimension presque magique, face à la mer sans fin, absente au passé comme à l'avenir, pendant quelques minutes, je me sens bien.

Quand nous regagnons le port, en fin d'après-midi, après avoir parcouru la lande, longé des marais et observé des oiseaux de toutes espèces, nous sommes si fatigués que nous rêvons de dormir sur le bateau. Mais il n'y a plus de bateau pour l'Allemagne, à cause du vent trop violent. Nous sommes retenus sur la presqu'île et cet imprévu semble plonger monsieur Bergen dans un état de panique soudain. Il demande plusieurs fois aux renseignements à quelle heure est prévu le bateau du matin, mais, si je comprends bien, un bateau ne partira qu'avec une mer plus calme. Monsieur Bergen reste debout dans le hall, les mains le long du corps, allume une cigarette, puis une autre, sans m'en offrir cette fois, tourne sur lui-même, marche jusqu'à la sortie, rentre à nouveau, respire fort et nous annonce qu'il doit téléphoner. Il gagne les cabines près de la porte, et nous attendons, les enfants et moi, que quelque chose se décide. Mais rien ne se décide. Monsieur Bergen nous rejoint avec un regard éteint et nous nous asseyons sur les chaises en plastique le long du mur. Susanne demande s'il a parlé à maman, ce à quoi monsieur Bergen répond que oui, bien sûr, il a averti maman, qu'elle a trouvé la nouvelle plutôt drôle, et qu'elle nous souhaite bon courage pour la nuit. Puis c'est Thomas qui interroge, il ne supporte pas l'idée d'être prisonnier de la presqu'île. Susanne s'amuse de la situation et en profite pour se serrer plus fort contre moi. Thomas s'en prend à son père, qui ne se donne pas la peine de rétorquer. Je ne comprends pas tous les mots mais la violence du ton me garantit qu'il est plein de reproche. Thomas, bientôt quinze ans, debout devant son père tassé sur sa chaise en plastique, en profite apparemment pour régler quelques comptes. J'ignore de quoi il s'agit vraiment, mais je sens que la patience de monsieur Bergen est à bout, il commence à trembler, notamment sa lèvre inférieure, et j'imagine que cette fébrilité n'annonce rien de bon. Je demeure silencieuse et distante, prise malgré moi dans un échange qui me dépasse, mais argumenterais volontiers pour voler au secours de monsieur Bergen, qui, me semble-t-il, n'est coupable de rien. Thomas s'entête, reste debout devant son père, l'agace comme le ferait une guêpe menaçante, jette quelques mots encore qui demeurent sans réponse. Thomas insiste, vient à l'affrontement, et avant que je comprenne ce qui se passe, monsieur Bergen se lève, haute masse un peu molle, et une gifle s'abat sur la tempe de Thomas, mate et pleine, une gifle qui surprend chacun, les personnes présentes dans le hall et qui comme nous se désolent de l'annulation de la traversée, Susanne qui se recroqueville contre moi, Thomas et monsieur Bergen lui-même, oscillant sur ses jambes, ne sachant s'il doit rester debout ou se rasseoir. S'il doit prononcer un mot ou se taire, s'il doit rester ou partir. C'est Thomas qui bouge, traverse le hall jusqu'à la porte, l'ouvre d'un geste brutal, et disparaît dans le jour déclinant. Puis monsieur Bergen se décide à son tour, part à la suite de son fils, nous abandonnant, Susanne et moi, dans l'inconfort de notre installation.

Ensuite nous mangeons des poissons panés au restaurant, avec des pommes de terre, assis tous les quatre autour d'une table en bois, dans la chaleur d'un feu de cheminée. Toutes les conversations parlent de la mer démontée, de la météo incertaine, des bateaux de pêche qui ne peuvent sortir, des ferries privés de traversée. Toutes les bouches répètent les mêmes mots, que je finis par identifier, des mots que je n'ai jamais appris au lycée, ceux qui disent la violence des éléments, l'incertitude et la peur du lendemain. Mais aussi l'excitation de vivre une situation imprévue. Toutes les bouches parlent, échangent, les conversations se font d'une table à l'autre et, la bière aidant, le ton s'affirme, se transforme parfois en rires et en cris de joie. Les enfants changent de table, sont attirés par d'autres enfants, les parents organisent des parties de cartes, le restaurateur met du bois dans la cheminée, et la nuit avance, chaleureuse et inédite, une nuit tombée d'on ne sait où, comme un supplément d'humanité, un petit cadeau du destin. Je comprends que le restaurant restera ouvert jusqu'au matin, cela est sans doute la coutume. Une dame apporte des couvertures. Certains finissent par s'endormir, la tête contre la table, les enfants s'allongent sur des bancs, et les joueurs de cartes accompagnent leurs parties d'alcools plus forts. Susanne pose sa tête contre mon épaule et se laisse gagner par le sommeil. Thomas reste assis vers la fenêtre, les jambes allongées et les yeux fixes, et monsieur Bergen hésite. Il finit par prendre sa fille dans ses bras, se cale sur une chaise près du feu et renonce à dormir. Je suis seule alors jusqu'au matin, les Bergen d'un côté et moi de l'autre, dans le vertige d'une nuit de tempête si loin de la maison, et je pense à Simon, à la solitude de Simon à plus de mille kilomètres. Je pense à la lettre que je vais lui écrire, je la rédige mentalement, je fais des phrases, je voudrais n'oublier aucun détail de cette journée. Je rassemble en moi les sensations éprouvées, les sentiments nouveaux et contradictoires qui m'ont traversée, l'impression de calme possible, la stupeur de me sentir vivante, même si la fatigue me cloue à présent sur ma chaise, même si je glisse dans le sommeil, dans le silence du petit restaurant contre lequel s'acharne le sifflement du vent.

La nuit qui suit notre retour en bateau marque une étape nouvelle. Pour la première fois, je rêve en allemand. Je me réveille au matin, envahie par les sonorités et l'enchaînement des mots, et j'ai la sensation de ne plus penser de la même façon. Pendant mon rêve, je parlais impeccablement, je me souviens encore des phrases que j'étais capable de construire, équilibrées et virtuoses, comme si m'était prêté, le temps d'une nuit, un sixième sens, une sorte d'extra-lucidité qui conduisait mon cerveau avec une acuité sans faille. Les dialogues que j'entretenais n'étaient ni crispés ni hésitants, mais aériens, portés par une présence – ma présence – inconnue, comme si j'étais habitée par une mémoire éternelle, une connaissance infusée dans mes veines, une incarnation. Et le plaisir était là, le plaisir de ceux qui possèdent et donc jouissent de leur pouvoir. Tout était simple, léger, évident, et la langue était comme une gourmandise, un bonbon qui fond dans la bouche, répandant une saveur corsée et vivifiante. Je parlais en me délectant de chaque syllabe, et le plus troublant est que je savais, au moment du rêve, que la langue que je pratiquais était exempte de fautes, que les phrases étaient correctes, les tournures irréprochables,

les accords parfaits, et je savais aussi que mon niveau d'apprentissage ne me permettait pas, en toute logique, de parler de la sorte, et cela m'inquiétait, je me demandais d'où me venait cette possibilité, énigme qu'il me faudrait résoudre et dont je ne détiens toujours pas la clé. Je me lève dans un flottement étrange, m'habille en prolongeant le rêve, pense à Susanne probablement déjà dans la cuisine et je sais qu'en franchissant la porte de ma chambre, en montant les escaliers, les mots vont refluer doucement en même temps que mon curieux pouvoir va disparaître. Je sais que je vais à nouveau buter sur la réalité, que la fatigue va me prendre, que ma tête me fera mal à force d'efforts soutenus. Je me laisse tomber sur une chaise dans la cuisine, encore mal réveillée, et demande à Susanne en pyjama si le printemps existe ici. Elle me regarde à peine, installe sa poupée sur la table, soupire en guise de réponse et pose la tête sur ses bras, épuisée d'avance à l'idée de partir pour l'école. Dans mon rêve, c'était le printemps, la température était douce, la lumière plus vive et tout bougeait dehors.

Thomas Mann me surprend par son humour. Jamais il ne cède à la plainte quand il met en scène ses personnages. Alors que la mort rôde à tous les étages du sanatorium, il explique avec détachement comment la déception gagne Hans Castorp quand ce dernier n'apprécie plus comme avant le parfum de son cigare. Il rit de ceux qu'il nomme les « demi-poumons » qu'on repère à leur respiration sifflante, comme s'il s'agissait d'estropiés de guerre. Et son roman a parfois une allure presque burlesque alors que se joue un drame permanent. Mais j'ai du mal à lire, je ne comprends pas toutes les phrases et il me faut ouvrir le dictionnaire constamment. Alors je réinvente ce que je ne saisis pas, je me fraie un petit chemin inédit entre les mots inconnus et rafistole à ma façon des bribes de l'histoire, je m'approprie les destins des personnages et recompose leurs portraits et leurs agitations. Mais, au sanatorium, les êtres sont comme en exil, amputés d'une partie d'eux-mêmes. Ils ne montrent que ce qu'ils veulent bien montrer et tout le monde joue un jeu de masques et de faux-semblants. Tout le monde se cherche sans jamais se trouver.

Je fais connaissance avec le grand-père des enfants le jour où nous allons le chercher pour l'installer dans une maison de retraite. Je me demande pourquoi je suis conviée, je ne suis pas sûre que ce monsieur ait envie qu'une étrangère assiste à cette journée particulière. Peut-être ne suis-je là que pour faire diversion, pour occuper l'esprit de celui qui est docile, poli, et dont les yeux me plaisent au premier regard. Le vieil homme est le père de monsieur Bergen, j'imagine que sa femme est morte puisqu'il vit seul dans un immeuble d'un quartier de banlieue assez terne. L'homme a préparé une petite valise et je ne peux me figurer qu'on quitte sa maison pour toujours avec un bagage aussi léger. Il parle peu, ne fait aucun bruit, se déplace d'une pièce à l'autre avec une lenteur exagérée. Il se soucie des enfants puisqu'il cherche dans le buffet encore en place des verres et une bouteille de soda. Mais le soda est chaud, probablement éventé depuis longtemps et les enfants crient qu'ils n'ont pas soif : « Wir sind nicht durstig ! » Puis monsieur Bergen crie aussi quand il demande s'il peut prendre les quelques cartons empilés sur la table du salon. Je me demande pourquoi les hommes âgés sont sourds, mes deux grands-pères entendent mal aussi, ce qui nous a toujours empêchés de leur parler. Certaines choses se disent à voix basse, certaines phrases ne souffrent d'être répétées. C'est ma mère toujours, qui s'emporte contre son père, incapable de comprendre du premier coup, ma mère, qui à son habitude, si patiente et mesurée, quand il s'agit de la surdité de son père, se métamorphose en une femme sèche et intolérante. On ne sait ce qu'elle lui reproche vraiment, peut-être de n'avoir pas entendu ce qu'elle lui disait quand il n'était pas sourd, de n'avoir pas aidé sa fille quand elle a perdu son travail, de n'avoir pas fait un geste quand, avec mon père, ils se sont endettés pour acheter l'appartement, alors qu'il donnait de l'argent aux enfants, à nous trois, des sommes fantaisistes que ma mère nous accusait de dépenser n'importe comment. Ma mère a toujours pensé que la surdité de son père l'arrangeait, qu'il n'entendait que ce qu'il voulait entendre, qu'il en jouait pour échapper aux corvées, pour demeurer dans son monde, flotter dans le coton. Ma mère n'est même pas sûre que son père a entendu quand Léo est mort, c'est ce qu'elle a dit une fois, rien ne lui a prouvé que la nouvelle était arrivée jusqu'à lui. Parce qu'il n'a pas réagi comme elle l'aurait voulu, il n'a pas su dire, il a continué d'arroser ses tomates, le mégot au bord des lèvres, il a seulement posé des questions sur la mobylette, plusieurs mois après. C'est lui, tout de même, qui a fini par déclarer qu'il n'aurait pas dû donner de l'argent pour l'essence. Il n'aurait pas dû donner de l'argent, c'est ce qu'a repris ma mère, il aurait dû se mêler de ses oignons, le vieux, on ne lui avait rien demandé, c'est ce qui lui a échappé dans un moment d'égarement, elle n'avait jamais parlé ainsi à son père, mais elle n'est pas sûre qu'il a entendu, elle espère que cette fois il était sourd pour de bon.

Madame Bergen me demande si je préfère accompagner le grand-père à la maison de retraite ou rester avec elle dans l'appartement à trier les affaires. Je ne suis pas sourde, mais je lui demande de répéter. Elle prononce avec tant d'allant « bei mir bleiben » (rester avec moi) que je prends cela pour une invitation, même si je ne saisis pas le détail de la tâche qui nous attend. Les enfants partent avec le grand-père, qui me serre la main longuement comme si je faisais partie de la famille. Il semble aimer l'idée que je sois française, ce qu'il découvre sur le pas de la porte, il marque un temps d'arrêt et commente brièvement ce petit événement. À ma grande surprise, les mots qu'il prononce sont des mots français, je ne le comprends pas tout de suite parce que sa voix siffle plus qu'elle n'accroche les syllabes, et sa respiration encombrée l'empêche d'enchaîner sans que la phrase soit hachée. Il prend ma main sur laquelle il applique un baiser et dit : « Mes hommages mademoiselle », avec un accent germanique épais, comme s'il était un duc et moi une princesse. Sur le pas de la porte de son immeuble délabré, qu'il quitte pour toujours, il se penche devant une inconnue, une jeune fille étrangère qu'il ne reverra pas, et lui accorde un instant véritable, une attention vraie, alors que les enfants ont déjà appelé l'ascenseur qui arrive en grinçant, et que monsieur Bergen assiste, un peu gêné, à la scène. Le grand-père se tient devant moi, impeccable de dignité, et me regarde comme nul ne m'a encore regardée ici, il me considère avec respect mais aussi avec gourmandise, comme si ma personne était une apparition, comme si mon enveloppe charnelle déclenchait en lui un désir enfoui. Je ne dis rien, reste parfaitement figée dans l'ouverture de la porte, les lèvres closes et les yeux baissés, navrée que ma prestation soit aussi piteuse, mon inconsistance aussi flagrante.

C'est madame Bergen qui me dira ensuite, en enlevant les assiettes du buffet, que le grand-père est passé par Paris pendant la guerre. À vrai dire je ne saisis pas ce qu'il y a fait exactement, s'il a occupé la ville, s'il était simple soldat ou officier. Je me contente des mots que je connais, prononcés par madame Bergen, « Paris » et « während des Krieges » (pendant la guerre), et cela me suffit pour regretter que le grand-père soit parti si vite. Ensuite, nous mettons des objets dans des cartons. Mais après l'échange avec le grand-père, les objets que je manipule ne sont plus tout à fait neutres. J'y prête une réelle attention, comme s'ils étaient chargés d'une histoire qui me concerne. Je demande à madame Bergen quand est morte la grand-mère. Je comprends qu'il n'y a pas eu de grand-mère. Il y a eu une femme, qui a vécu ici quelque temps, « eine sehr nette Frau » (une femme très gentille), mais qui n'était pas la mère de monsieur Bergen. J'en déduis que monsieur Bergen n'a pas de mère, ou qu'il a perdu sa mère très tôt, ou qu'il ne l'a pas connue, ou que je n'ai, encore une fois, rien compris.

La consigne est de vider tous les placards, faire place nette, pour que les meubles puissent être emportés. Nous entassons dans des cartons la vaisselle, le linge, des papiers et quelques livres. Nous ne prenons pas vraiment le temps de trier, nous nous contentons d'emballer ce qui casse, et de ranger au plus serré ce qui se transporte tel quel. Je manipule les objets avec précaution, en pensant au grand-père qui vient de quitter les lieux, et j'imagine que ce moment viendra aussi pour mes grands-parents, qu'un jour ils partiront pour une maison de vieux, que ce sera mes parents qui les accompagneront, qu'on les séparera de leurs affaires, qu'ils n'auront plus besoin de rien. Je vide, je déplace, je range machinalement et je revois la toute petite valise, la vie réduite à trois fois rien, l'obligation de renoncer à tout quand approche la fin. Je fais des piles avec les livres, je me dis que peut-être je vais découvrir un autre roman de Thomas Mann, mais les auteurs et les titres me sont inconnus, jusqu'à ce que je tienne dans mes mains un gros livre, puis un second, qui me font l'effet d'une bombe, les deux tomes de *Mein Kampf* d'Adolf Hitler. Je ne sais si je dois les montrer à madame Bergen, si je dois les mettre de côté, si je dois faire comme si de rien n'était. Elle est debout sur un tabouret, devant le placard de l'entrée, et je demeure figée avec les volumes qui m'encombrent. Ils sont trop gros pour que je puisse les glisser dans mon sac. Je les place dans le carton avec les autres livres, je prends garde de ne pas les mettre au fond, je fais un petit signe avec un crayon sur le haut du carton après l'avoir fermé, et je ne pense qu'à ça jusqu'à la fin de la journée.

Je voudrais parler de ma découverte à ma mère quand elle téléphone le lendemain, mais j'imagine qu'elle se fiche de la dernière guerre, qu'elle a traversée sans souvenirs à cause de son jeune âge. Je voudrais lui faire part de mon excitation mais j'ai peur qu'à son habitude elle minimise l'événement, qu'elle imagine encore que j'ai inventé cette histoire pour me rendre intéressante. À vrai dire, j'ai peur de prononcer le titre à voix haute, j'ai honte de dire « Mein Kampf » et d'être entendue. Je ne sais pas ce que représente ce livre pour les Allemands, près de quarante ans après la fin de la guerre. Circule-t-il normalement comme preuve de ce que fut la folie d'un homme ? Le trouve-t-on dans la plupart des foyers qui ont connu cette époque ? Est-il devenu le dernier des tabous ou au contraire est-ce un ouvrage que les jeunes générations sont invitées à lire ? Je me demande aussi si le fait de posséder *Mein Kampf* signifie que la famille a adhéré à l'idéologie nazie. Je me débrouille pour poser quelques questions à Thomas, j'attends le bon moment. Mais je ne dis rien du livre trouvé chez son grand-père, je lui demande seulement s'il l'a lu, lui. Thomas réplique que non, il ne l'a pas lu, ça ne l'intéresse pas, de toute façon le livre est désormais interdit à la vente. Je recherche les deux volumes dans les cartons entreposés au fond du garage en attendant leur destination finale. Je les enveloppe dans un vêtement et les glisse dans le placard de ma chambre, puis, de peur que quelqu'un ne les trouve, je les cache au fond de ma valise comme si je commettais un acte interdit, comme si le fait de posséder ces volumes me rendait coupable d'un quelconque crime.

J'épluche les pommes de terre avec madame Bergen et nous rions en regardant Naphta qui porte dans son panier les épluchures que nous lui jetons. Ce que j'aime chez les Bergen est leur façon de s'amuser d'un rien, de se contenter de ce qui arrive, sans forcer jamais le destin. J'aime leur façon d'être là aujourd'hui sans penser à demain. Et petit à petit, je me détends, je ne me précipite plus, comme les premières semaines, sur le linge qui s'entasse dans la corbeille, sur le repassage qui m'attend, sur les objets et les vêtements qui s'empilent dans les salles de bains et dans les chambres des enfants. J'apprends un autre rythme, un autre rapport à la maison, je n'utilise plus l'action comme la seule échappatoire, le travail comme la valeur étalon, non, il m'arrive désormais de flâner d'un étage à l'autre sans être prise par l'urgence de faire les lits, de regarder la télévision en mettant les pieds sur la table basse, de ne pas ranger un bol après avoir bu un café. Il m'arrive de ne rien faire, près de madame Bergen qui ne fait rien, sans savoir si elle doit partir travailler ou non, sans même espérer qu'elle partira. Je me laisse gagner par une langueur parfois encombrante, mais contre laquelle je n'essaie plus de lutter. J'ai souvent été rappelée à l'ordre par madame Bergen qui m'invitait à ralentir le tempo, à m'asseoir, à regarder la neige tomber derrière la vitre, simplement, alors que j'étais rongée, à l'intérieur, par la peur du vide, par le démon du temps qui ne passe pas, par l'absence de Léo, peut-être était-ce cela qu'il me fallait colmater, le creux qui s'était installé au fond de moi, qui m'aspirait parfois tout entière, un trou plutôt, qui prenait toute la place. Alors j'arrosais les plantes, j'enlevais les poils du chien sur la moquette des chambres, je nettoyais les traces de dentifrice dans le lavabo de la salle de bains, je dégraissais les poêles à frire. Mais j'ai compris que ce n'était pas ce qu'on me demandait. Mon empressement et mon application n'apportent rien à cette famille hors du commun. J'ai voulu être irréprochable, disponible et parfaite, toujours prête à me charger d'une corvée, à me rendre utile, malgré la sensation que j'avais de m'éloigner de moi. Je préférais nettoyer le four ou promener le chien plutôt que me confronter à ma vacuité. À vrai dire, je ne sais ce que je préfère, me rapprocher de moi avec le risque de me trouver, de supporter le vrai visage de ma solitude, ou m'inventer un double, brave soldat toujours prêt à exécuter les ordres, soumis et vigilant, un être qu'on utilise, qu'on épuise et qu'on oublie.

La ville est loin, mon projet de lire et de comprendre Thomas Mann s'enlise bien que je devine dans la vie de l'écrivain une force rassurante et quelque chose qui me tient debout. Je voudrais comprendre comment il a décidé de ne plus vivre dans son pays, lui préférant l'exil, et surtout comment il a renoncé à revenir en Allemagne après la guerre, alors même qu'il était pressenti pour devenir président de la République fédérale. Je me demande comment on peut rester définitivement loin de son pays, demeurer un étranger ailleurs. Ce n'est pas rien, être déchu de sa nationalité, et ne jamais plus rentrer chez soi. Je n'ose demander aux Bergen de sortir plus souvent pour me rendre à la bibliothèque. Le soir dans ma chambre, je préfère parfois écouter la musique que m'envoie Simon pour éloigner de moi la langue allemande qui m'épuise, je ne parviens pas à m'imposer une discipline qui me permettrait d'aller au bout de mon entreprise, je ne sais pas résister à la façon dont la famille tout entière me dévore, à la présence perturbante de madame Bergen, dont je ne comprends pas l'inconstance ni l'indolence, à la douce folie de Susanne, dont les gestes me surprennent dans leurs brusques revirements et leur violence énigmatique, je me sens impuissante face à l'absolue maladresse de monsieur Bergen, sa volonté de bien faire, son manque de discernement et le fond de détresse qui suinte de son regard. Je me laisse engloutir par la puissance paradoxale des Bergen, leur manque d'énergie et de rigueur m'absorbe et me ligote. Je deviens faible, cela ne me ressemble pas, je me laisse envahir par les autres, l'épaisseur de leur existence, le flou qui les traverse, la fatigue qui les engourdit. Je ne sais pas qui est vraiment cette famille, je ne sais pas ce qu'on attend de moi, ou plutôt je commence à en avoir une vague idée. Je cherche à comprendre la nécessité de ma présence. J'ai quelques indices. Et j'espère me tromper.

Le seul qui me rassure est Thomas, vif, efficace, discret et malin, un garçon au tempérament drôlement bien trempé, qui sait prendre la tangente, pour ne pas dire la fuite. L'instinct de survie, c'est lui. Heureusement que Thomas est là. C'est le seul qui est toujours en mouvement, qui semble avoir un but, qui sait remettre Susanne à sa place quand elle devient insupportable. Thomas est mon modèle, même s'il est plus jeune que moi, il traverse la maison en un éclair, démarre sa mobylette en mettant les gaz à fond. Thomas apprend à jouer de la guitare, et depuis le salon, j'entends parfois les accords sur lesquels il bute, les enchaînements de notes qui constituent l'amorce d'une mélodie, j'entends son acharnement. Thomas n'est pas bavard mais c'est le seul que je comprenne, le seul qui parle sans oublier que je suis là. Il a saisi, je crois, ma position délicate, il sait ma difficulté à trouver ma place. Il sait, en un regard, se débrouiller pour me faire sourire, il peut, sans le vouloir, attirer mon attention, me capter dans son monde. Et quand il a su que je jouais de la guitare aussi, il m'a invitée à entrer dans sa chambre, c'était un honneur. Il m'a même proposé de m'asseoir sur le rebord du lit, et j'ai joué des chansons qu'il connaissait, nous avons savouré ce plaisir-là, partager des mélodies et fredonner ensemble des paroles apprises il y a longtemps, nous avons chanté en anglais, nous avons ri parce que nos voix déraillaient, parce que nous prononcions les mots n'importe comment. Depuis ce jour, je viens dans la chambre de Thomas quand j'ai un moment et nous ne disons rien que les paroles des chansons, que les indications pour placer les doigts sur le manche. Thomas regarde mes mains, tente de refaire l'accord, et quand la guitare sonne juste, nous sommes aussi fiers l'un que l'autre, nous fêtons ensemble cette petite victoire en poussant des cris, en français, en allemand, en anglais. Nous continuons de jouer et le volume monte d'un cran.

Dans sa dernière lettre, Simon ne dit rien de la façon dont les choses se passent à la maison. Je ne saurai pas comment la situation entre mon père et ma mère évolue. J'ignore si mon père est toujours sur le départ, s'il est passé à l'acte, s'il patiente. Je ne sais si ma mère se calme, si elle est revenue sur ses sous-entendus, sur ses lourdes accusations. Simon ne me parle que de la fille qu'il vient de rencontrer. Edith, pendant trois pages, ce qu'elle dit, ce qu'elle pense, ce qu'elle veut, ce qu'elle est, ou plutôt ce qu'il croit qu'elle est. Edith et ses cheveux, Edith et ses bottes, Edith et son humour, Edith et ses cours de danse. Et la lettre de Simon n'est qu'un long monologue sans intérêt, plus rien n'existe à part cette fille qui semble lui masquer l'horizon. Je ne reconnais pas Simon, d'habitude si attentif à tout ce qui arrive, c'est à peine s'il répond aux questions que je lui pose, il ne réagit pas au récit du voyage au Danemark dont je lui ai donné tous les détails, et qui pourtant était un événement, non il ne fait pas un commentaire, comme si mon périple au bout du monde le laissait désormais indifférent. Il n'envoie pas de musique, n'en parle même pas. Il ne demande pas comment j'ai trouvé l'enregistrement d'Iggy Pop. Je crains le pire pour Simon. J'imagine le tableau, Simon envoûté, acquiesçant à toutes les paroles de cette fille, toutes ses idées, Simon n'étant plus que l'ombre de lui-même, tremblant de la tête aux pieds, dans l'attente d'un appel, d'un regard. Je suis incapable de me réjouir pour Simon, je devrais au contraire être heureuse pour lui, excitée et impatiente d'en savoir davantage, mais la nouvelle m'anéantit, je suis assise sur mon lit dans le sous-sol, et je glisse sur le côté avant même d'avoir fini la lettre, je me laisse tomber sur l'oreiller et j'ai l'impression que la terre m'aspire vers son centre, que l'attraction est plus forte que d'habitude, je sombre, je suis clouée au matelas, je ne comprends pas pourquoi je pleure. J'ai la sensation que Simon me laisse, qu'il m'abandonne au froid de l'hiver qui n'en finit pas, si loin de la maison, loin de lui et loin déjà de l'enfance. Je m'en veux de réagir de façon aussi ridicule, je suis jalouse de cette inconnue qui ne sait rien de nous, ni de Simon ni de notre histoire. J'en veux à cette fille de m'enlever mon frère au moment où j'ai le plus besoin de lui. Qui sera désormais le témoin de mon existence, qui saura que je me débats contre des forces qui me dépassent ? À qui vais-je raconter ce que je vis ici chaque jour ? Qui pourra dire comment c'est arrivé ? J'ai l'impression que Simon peut se passer de moi et qu'il se fiche désormais de savoir si j'ai eu raison de partir. Ce dont il est sûr, lui, c'est qu'il a bien fait de rester.

Un matin, quand nous franchissons la porte, Susanne et moi, quelque chose dehors est différent. Cela arrive d'un coup, le chant des oiseaux, comme s'ils s'étaient réveillés dans la nuit. La sensation du printemps, la neige changée en petits ruisseaux qui dévalent le chemin, un rien dans l'air, un reflet contre la porte vitrée quand je la ferme derrière moi. La voix de Susanne peut-être, ou la couleur de ses cheveux qui contraste, d'un coup, avec la profondeur sombre des sapins. Je ne sais, mais tout est changé aujourd'hui. J'ai accompli la moitié du temps que je dois passer ici, et je me rappelle le premier matin dans la neige et la nuit, alors que

Susanne et moi étions des inconnues, la peur de ne pas me réveiller, la fatigue du voyage, l'immense tristesse qui étreignait ma poitrine, le sentiment que tout était égal et que j'allais me perdre dans le noir. Trois mois plus tard, je ne sais si j'ai progressé. Je ne sais toujours pas ce que je suis venue chercher ici, je ne sais si je l'ai trouvé, mais je marche près d'une petite fille qui me donne la main et me fait promettre de l'attendre à son retour. Je marche dans le sommeil pas encore dissipé, je demande à Susanne ce qu'elle voudrait faire quand elle sera grande, et elle répond qu'elle voudrait faire Française. Je me demande à quoi ça sert de vivre avec des gens qu'il faudra quitter, de m'imprégner de paysages que je ne reverrai jamais, de parler une langue que je ne reparlerai peut-être pas. Alors, là, dans le matin pas comme les autres, ce matin précisément où les oiseaux ont choisi de chanter, je me fais une promesse, puisque je ne peux la faire à personne, je fais une promesse à moi-même, une fois que Susanne est montée dans la navette scolaire, après que j'ai fait signe au conducteur qui démarre, je fais la promesse de continuer de parler allemand à mon retour, de parler allemand toujours, de ne pas oublier un seul des mots appris, de ne pas perdre ce qui, dans cette langue, m'a permis d'éprouver ce que j'éprouve depuis trois mois, non je ne veux perdre aucune des sensations, aucune des sonorités et des tournures de phrases qui m'ont accompagnée pendant ce temps si particulier, celui de l'exil volontaire, pour éprouver davantage peut-être l'épreuve de la perte, j'ai voulu me perdre moi-même, me dépouiller au plus profond, je me promets de continuer de rêver en allemand, continuer de rêver, ce ne serait déjà pas si mal, je me dis cela sur le chemin du retour, alors que le soleil me fait face à présent, rouge et plein, et que le vent se lève, et même si Simon se fiche de ma promesse, même s'il a d'autres préoccupations, je sais que je la tiendrai, que j'aurai besoin de la langue allemande pour le reste de mes jours. J'ouvre la porte et je crie à Thomas qui boit un bol de thé que ça y est, « Es ist Frühling ! » (C'est le printemps !), et Thomas hausse un sourcil, étonné de me voir si excitée de si bon matin. Il ne fait pas de commentaire et dit seulement qu'il n'aura bientôt plus d'essence dans sa mobylette et espère arriver jusqu'au collège. En passant près de moi, il m'embrasse sur la joue pour la première fois et enfile son casque. Je reste sans réaction, de toute façon c'est trop tard, Thomas a déjà refermé la porte derrière lui. Je le regarde partir et je me répète que je continuerai de parler allemand.

Madame Bergen m'accompagne jusqu'à l'arrêt de la navette scolaire. Elle dit que ça lui fera du bien de marcher. Avant, elle tourne en rond toute la matinée, fume encore et encore. Elle sort sur le perron avec monsieur Bergen, l'embrasse contre la voiture comme dans un film des années cinquante, puis il démarre et elle reste un instant immobile en regardant le minibus qui s'éloigne. Madame Bergen rentre en rabattant les pans de son peignoir. Elle regarde l'heure à la pendule de la cuisine, propose que nous buvions du thé et se laisse tomber dans l'un des fauteuils. Mais je ne reste pas dans le salon, je descends au sous-sol pour mettre une lessive en route, j'ai besoin de respirer, il me faut trouver de l'air, de l'espace, du mouvement. Quand l'heure arrive, madame Bergen monte s'habiller, puis enfile difficilement son manteau, tout semble la fatiguer, chaque geste est un problème. Alors que nous marchons côte à côte sur le chemin, elle me dit qu'elle a un cancer, mais je mets du temps à réagir. Je reconnais le mot « Krebs », qui signifie « crabe », et je ne comprends pas tout de suite, puis je pense aux signes du zodiaque et la connexion se fait. Il n'y a pas de doute, crabe et cancer, c'est bien la même chose. Je repense à l'un des premiers repas que nous avons partagés où nous tentions de nous comprendre autour de la table, je parlais de mes vacances en Bretagne avec mes parents et j'inventais, pour avoir quelque chose à dire, que j'aimais manger du crabe. Je répétais que j'aimais le crabe, pure fantaisie de ma part, et Thomas, je crois, avait fait la différence entre « crabe » et « écrevisse », j'avais confondu les mots, mais c'était égal. Me revient cette conversation décousue, sans réel intérêt, nous parlions simplement pour parler, peu importe que l'on évoquât les crabes, crevettes ou écrevisses, l'essentiel était d'accorder nos voix, de mesurer la possibilité de nous répondre. Madame Bergen était assise parmi nous et sans doute résonnait en elle autrement le mot « Krebs ». Savait-elle déjà qu'elle avait un cancer ? Je voudrais demander de quel cancer il s'agit, et là, sur le chemin, madame Bergen fait une phrase brève sans intonation, et je devine que ça se passe dans la poitrine, mais elle désigne ma poitrine à moi, au lieu de désigner la sienne, son geste me surprend, nous suspendons nos pas, et je reste figée face à madame Bergen, qui touche mon sein par-dessus le manteau alors que le soleil éclaire son visage. C'est comme si elle me déshabillait, me donnait un peu de sa maladie en partage, comme si en me touchant elle influait sur mon destin. Une onde froide parcourt ma peau et je me retiens de fuir, j'ai peur soudain que le « Krebs » m'attrape aussi, me soumette et m'aspire. Nous avançons le long de la voie ferrée, nos mains dans les poches, soudain muettes. Je ne sais comment enchaîner après les paroles de madame Bergen, je ne pose aucune question, et je crains qu'elle ne me trouve lâche et indifférente. Mais je n'ai pas les mots, ceux qui se voudraient rassurants, non, aucun mot ne convient. Je commence une phrase, pour rompre le silence qui devient de plus en plus pesant, à propos de la tante de ma mère, mais je la stoppe aussitôt. Cette femme que je n'ai pas vraiment connue a eu un cancer du sein, c'était comme un secret dans la famille, on disait même, en parlant d'elle, « la tante qui a le cancer », comme si elle se définissait par cette maladie. Je commence une phrase, pour parler de la tante de ma mère, pour dire que les Françaises aussi souffrent du cancer du sein, pour dire que somme toute Allemands et Français, c'est du pareil au même, pour exprimer ma compréhension, voire ma compassion, la preuve, la tante de ma mère, elle aussi, puis je me reprends quand je réalise que « la tante qui a le cancer » est devenue « la tante qui est morte du cancer ». Ma phrase tombe à plat, et madame Bergen m'interroge du regard, alors je formule ma phrase avec un sourire encourageant et j'ajoute que la tante de ma mère va très bien aujourd'hui, elle est « wieder gesund » (guérie), elle est en parfaite santé. Je ne sais ce que madame Bergen pense de mon histoire, débitée naïvement avec plusieurs fautes de grammaire, je ne sais si elle croit en mon mensonge. Elle me regarde d'un œil inquiet et je sens qu'elle est comme une enfant, elle me suit comme si elle avait besoin de compagnie, c'est étrange, c'est elle qui m'accompagne, moi la fille au pair allant chercher sa fille qui rentre de l'école. Quelque chose ne colle pas. Je deviens l'adulte et elle l'enfant, malgré tous les handicaps que je cumule, celui de la langue, du dépaysement, et de mon jeune âge, c'est moi qui semble tenir les rênes. J'ai bientôt la charge de deux personnes, une femme de quarante ans et une petite fille qui descend du car et semble surprise de nous trouver l'une et l'autre à son arrivée.

Je commence à lire *Mein Kampf* dans l'idée d'épater Simon. Je crois que, en ouvrant ce livre, je vais impressionner mon frère, et je pense que, ainsi, il va me revenir, il va retrouver de l'intérêt pour moi, comprendre que ce que je vis est exceptionnel. Mais je crois aussi que j'ai envie de m'impressionner moi-même en m'adonnant à une activité secrète, succombant à une curiosité malsaine. C'est ce que je ressens, je veux me persuader que je vis ici quelque chose de particulier, je veux me prouver que je suis une aventurière. Comme si je transgressais un interdit, comme si je mettais les pieds sur un territoire dont on ne revient pas. Alors le soir, je commence à tourner les pages, assise sur mon lit, sans baisser le son de la musique, et se mélangent dans mes quelques mètres carrés les mots allemands écrits par Adolf Hitler et les paroles anglaises de mes groupes de rock préférés, se superposent des sensations opposées, d'un côté des mots qui consolent, chantés avec plus ou moins d'harmonie, et de l'autre ce qu'on fait de pire avec les mots.

Je surveille ma montre pour ne pas manquer l'autobus. Il me reste près d'une heure. J'ai le temps de finir de ranger la chambre de Susanne. Nous le faisons ensemble, je suggère à Susanne de nommer chaque objet, comme un jeu, ce qui me permet d'apprendre et lui fait oublier que ranger la met au bord de la crise de nerfs. Nous formons des tas, accroupies sur la moquette, d'un côté les figurines et les poupées, de l'autre les morceaux de puzzle et les jeux de construction. Sur un troisième tas, nous rassemblons les bouts de plastique, les bouts de bois dont on a perdu l'usage. D'abord nous rangeons les vêtements, je jette le linge sale dans une corbeille, je plie les pulls entassés sur le lit et trie les pantalons. Je demande à Susanne de taper sur l'oreiller, ce qui la fait rire, puis une fois les plumes remises en place, nous secouons la couette à la fenêtre en agitant les bras. Je lui propose de rassembler les peluches sur le lit, comme s'il s'agissait d'une performance, façon arche de Noé, pour que les animaux n'encombrent plus la chambre. Je laisse l'air entrer par la fenêtre et je vois la poussière qui s'élève au milieu d'un rayon de lumière. Je tente de maîtriser le temps, et de ne pas trop brusquer Susanne, dont je sens que la patience atteint sa limite. Ma constance à moi est tout aussi fragile, mais j'encaisse, je sais que dans quelques minutes je serai sortie de la maison. Au moment où je passe devant la chambre de madame Bergen, celle-ci m'attire vers elle, la mine mystérieuse. Mais avant que j'aie eu le temps de parler de mon horaire d'autobus et du projet de me rendre à la bibliothèque, elle ouvre la porte de son armoire et me demande de choisir les vêtements qui me plaisent. Je répète que je suis en retard mais madame Bergen me dit qu'elle m'accompagnera, elle a justement des courses à faire en ville. Je sens monter en moi un tremblement qui annonce un effondrement certain, et je ne veux pas me laisser aller, ici, sous les yeux et dans la chambre de madame Bergen, la chambre des parents, qui me rappelle la chambre de mes parents à moi, lieu où s'est joué nuit après nuit l'affrontement de mon père et de ma mère après la mort de Léo. Madame Bergen ne voit rien de mon trouble, elle est dans la logique de sa proposition, me présente déjà une robe sur un cintre, me dit qu'elle ne la met plus à cause de la couleur, moi qui suis brune, ce sera bien mieux, c'est une robe qu'on lui a offerte il y a longtemps, qu'elle n'a portée qu'une fois. Elle s'agite, me soûle d'un flot de paroles, elle semble sous l'emprise d'une quelconque substance. Je ne sais que dire, que penser, je me laisse embarquer malgré moi dans une situation qui me dépasse, j'ai beau répéter « nein, danke » (non, merci) comme un petit enfant qui se sent pris au piège, madame Bergen annule mon refus d'un sourire presque illuminé, et me demande d'enfiler la robe sur-le-champ, certaine que l'effet sera « wunderschön » (magnifique). J'ignore si je dois me déshabiller sous ses yeux ou me retirer dans la salle de bains, mais comme les mains de madame Bergen sont déjà sur moi, signifiant qu'elle n'est pas près de me lâcher, je n'ose imposer ma pudeur – nous sommes entre femmes après tout – et je me retrouve en culotte devant l'armoire à glace, puis dans une robe orange enfilée avec réticence. L'image qui me revient est une désolation. Ce que je vois dans le miroir est une adolescente frêle, drapée dans un horrible tissu à pois et c'est ma mère que je crois apercevoir, c'est ce qui me saute aux yeux, à cause de l'imprimé du tissu, mais aussi à cause du décolleté qui révèle soudain que j'ai une poitrine, et de mes jambes mises à nu, moi qui d'habitude ne porte que des jeans. J'ai l'impression que je suis déguisée, que d'aucune façon je ne pourrais me reconnaître dans une tenue aussi insensée, cela ne peut être qu'un jeu, la fille dans le miroir n'est pas moi. Madame Bergen, au contraire, trouve que je suis métamorphosée, enfin mise en valeur, enfin une femme. Elle est comme une enfant devant un cadeau inattendu et appelle Susanne qui ne sait que penser. Je vois dans les yeux de Susanne que quelque chose ne lui plaît pas. Elle fait une drôle de moue qui en dit long sur le ridicule de la situation. Je décide que la séance a assez duré, ce qui semble décevoir madame Bergen. Au moment où je descends l'escalier, monsieur Bergen entre dans la maison et me découvre dans la robe orange, tenant mes vêtements à la main. Je ne sais pourquoi mais me revient l'image, là au milieu de l'escalier, de monsieur Bergen m'offrant une cigarette lors de notre journée au Danemark, et cette vision soudaine atténue le regard qu'il porte alors sur moi, un regard que je ne lui connais pas, inquisiteur et presque violent.

Madame Bergen conduit en fredonnant, comme si la vie lui revenait, douce et légère, et je ne sais à quoi attribuer cette humeur nouvelle. Je ne sais comment évolue sa maladie, j'ai entendu dire que le cancer du sein se soignait bien, peut-être que l'alerte n'était pas si grave. Elle me dépose à la bibliothèque, m'informe qu'elle passe au bureau et me demande si elle doit venir me chercher au retour. Non, je préfère rentrer seule, bien sûr que je veux rentrer seule, j'ai besoin de calme, non pas de solitude mais j'ai besoin d'être moi, de retrouver qui je suis, de reprendre le fil de ma vie, et de laisser un peu de côté la vie des autres. Et pourtant, j'aimerais rencontrer des gens, des jeunes de mon âge, avec qui je pourrais partager des sorties, des conversations, des soirées. Je regarde autour de moi à la bibliothèque, plus que d'habitude, je prends le temps d'ouvrir les yeux et de voir le monde qui m'entoure, je me concentre sur les allées et venues des personnes qui franchissent la porte, mais chacun semble absorbé par son objectif, chacun semble inaccessible, totalement immergé dans son monde. Je décide de changer de secteur aujourd'hui, de renoncer à la grande salle de travail où les gens s'assoient les uns à côté des autres sans se saluer ni se parler, relevant parfois la tête, le regard absent, pour mieux la replonger dans le fil de leur lecture. De toute façon, il m'est impossible de me concentrer aujourd'hui, ni sur Thomas Mann, ni sur l'histoire de l'Allemagne, qui m'intrigue plus que je ne l'avais imaginé, j'ai cru qu'en descendant de la voiture, j'allais me mettre à pleurer, mais je me suis interdit de tout lâcher, sur le parvis de la bibliothèque, j'ai senti qu'il valait mieux que je contienne encore la tension qui m'oppresse parce que si je me laisse aller à faire une place à mon désarroi, je crains que toute ma douleur n'en profite pour se déverser. Alors je bloque, je retiens, je tente de me prouver que je ne suis pas une faible fille, et finalement je suis comme ma mère, je marche dignement sur le fil de l'invincibilité, sans jamais tomber dans le précipice. Je m'installe dans la salle des journaux, et je prends un quotidien, au hasard, que je parcours sans vraiment lire, observant davantage les personnes qui m'entourent. Mais les gens qui lisent les journaux ne sont pas de ma génération, je me demande où sont les jeunes, ceux avec qui je pourrais devenir amie. Je me demande si tous les gens confortablement assis se rendent compte que c'est le printemps. Et qu'il est urgent de faire quelque chose de sa vie.

Thomas fait des progrès à la guitare. Je monte mon minicassette dans sa chambre et nous écoutons ensemble la musique que m'envoie à nouveau Simon. Thomas tente de reproduire ce qu'il entend, il a une bonne oreille, mais il manque de rigueur, il ne travaille pas, il est impatient. Il arrive que monsieur Bergen passe la tête par l'entrebâillement de la porte, et nous nous laissons surprendre, nous sentant presque coupables, nous perdons alors nos moyens, nous nous trompons dans les accords, nous nous crispons. Parfois, monsieur Bergen entre dans la chambre et s'assoit sur la chaise du bureau. Il pose les mains sur ses jambes écartées et hoche la tête pour marquer la mesure, comme si les mélodies que nous jouons lui étaient familières. Nous nous regardons alors, Thomas et moi, agacés par la présence de monsieur Bergen, et plus rien n'est pareil, la musique n'a plus aucune saveur, nos hésitations aucune spontanéité, c'est comme si on nous volait quelque chose, la part d'intimité que nous aimons partager. Le plus dur est que nous percevons la tristesse de monsieur Bergen, son envie de complicité, son attente, sa solitude, mais nous sommes incapables de rien lui donner, nous nous fermons, parce qu'il est un adulte et que nous nous détournons du destin des adultes. Quand il est assis, à deux mètres de nous, quand sa lourde masse repose sur l'étroite chaise de bureau, l'équilibre de la pièce est soudain modifié et l'air que nous respirons n'est plus le même. Ce qui nous dérange le plus est le besoin qu'a monsieur Bergen de rechercher la compagnie de la jeunesse, de ne pas faire la différence entre lui et nous. Il aimerait sûrement chanter avec nous, mais il nous semble incongru qu'il puisse aimer la musique que nous aimons, qu'il fredonne des airs qui nous appartiennent, qui ne concernent que nous, adolescents en rupture, habités par une révolte provisoire. Il ne peut, dans ses pantalons de tergal, avec ses mocassins de cuir et ses chemises à rayures, entonner « London Calling », ce serait une insulte pour les Clash, et presque pour l'humanité entière. Thomas et moi, assis côte à côte sur le lit, nous nous sentons différents, monstrueusement différents, faits d'une autre matière, plus noble bien sûr, plus authentique, inflammable. La musique que nous écoutons est faite pour ça : nous protéger du monde des adultes, nous permettre de le supporter, faire un écran tel qu'il ne nous atteigne pas. C'est ce que nous croyons.

L'anniversaire de madame Bergen arrive avec les premiers jours du printemps. Elle a quarante ans. Nous en parlons dans son dos en des conversations agitées, dès qu'elle quitte la pièce. Nous préparons une surprise et monsieur Bergen entend bien que le secret soit gardé jusqu'au bout. Les deux semaines qui précèdent l'anniversaire sont particulières, je sens à quel point je fais à présent partie de la famille. Je suis à la charnière entre les adultes et les enfants, tantôt j'appartiens à un camp, tantôt je suis requise par l'autre, et ces allers-retours, qui arrangent tout le monde, m'épuisent mais me valorisent. Je suis toujours associée à un groupe, je ne peux me contenter d'être moi. Pour préparer la soirée, monsieur Bergen demande parfois mon avis, plus pour avoir quelqu'un à qui parler que pour savoir ce que je pense vraiment. Il prend mille précautions pour que madame Bergen ne se doute de rien, il devient attendrissant, il se cache pour téléphoner, me prend parfois à témoin après avoir fermé la porte de la cuisine. Il lui arrive, un soir, de pénétrer dans ma chambre, après avoir frappé. Il entre sans se douter que je viens de glisser *Mein Kampf* sous les couvertures. Car il faut bien que je l'avoue ici, au lieu de poursuivre ma lecture de *La Montagne magique*, j'ai fait comme une grande partie de la nation allemande, j'ai échangé Thomas Mann contre Adolf Hitler. J'ai voulu comprendre ce qui avait saisi le peuple allemand, et comment les hommes en étaient arrivés là, se laisser conduire par un récit de délire et de haine. Quand monsieur Bergen entre, je suis doublement gênée. Je ne suis pas naturelle du tout, très empêtrée, mais en langue étrangère, cela ne se remarque pas, c'est l'un des avantages, je peux bafouiller, me reprendre, rien ne transparaît de mes hesitations. Monsieur Bergen demande s'il peut s'asseoir, mais chez moi, s'asseoir est presque impossible, la pièce est si minuscule que tout est encombré, y compris la chaise sous le vasistas. Il est conscient d'être dans ma chambre, mais aussi dans sa maison, il se comporte donc comme s'il était chez moi chez lui, ce qui donne un homme qui déplace mes vêtements pour s'installer, les enlève de la chaise, c'est aussi simple que cela, et pose le tas sur le lit, pourquoi se compliquer la vie ? Puis il me fait part de ce qui le préoccupe. Monsieur Bergen a prévu, pour la soirée d'anniversaire, que les parents de sa femme soient là, mais ces derniers habitent à l'Est, pas très loin de la frontière, et il n'est pas sûr qu'ils obtiendront leur visa. Ce que veut me dire monsieur Bergen, mais qu'il ne formule pas, ce n'est pas tant la douleur de parents retenus éloignés, même si la séparation est une épreuve qui les ronge, mais la peur que l'anniversaire ne soit la dernière occasion pour les parents de voir leur fille vivante, cela personne n'ose en parler. Je me demande pourquoi monsieur Bergen me confie ce tourment, je ne peux lui être d'aucune aide, si ce n'est partager, amortir un peu le vif de son angoisse. Pour éloigner la question de la maladie, je demande si madame Bergen a des frères et sœurs. Des frères existent, me confirme monsieur Bergen, mais je ne comprends pas l'intégralité de la phrase qui suit. Monsieur Bergen ne s'arrête plus de parler, se met à rouler les *r* comme jamais. Il entre dans un monologue qui me dépasse, et qui bientôt m'effraie, il ne s'adresse plus à moi, même si ses yeux s'accrochent aux miens. J'espère qu'il va finir par quitter la chambre, je ne peux rien pour lui, et cette pièce est comme un piège, on ne peut y marcher, on ne peut regarder par la fenêtre, trouver une échappatoire. On ne peut prendre de la distance, on est forcément l'un près de l'autre. Je reste donc assise sur le lit, les jambes repliées sous le menton, adossée à la cloison, dans une position que j'aimerais moins familière. Je fais disparaître mes pieds nus sous le drap, je n'ai pas envie que monsieur Bergen voie mes pieds, c'est tout ce que je peux faire pour me protéger. Un long silence s'installe avant que monsieur Bergen se lève et quitte enfin la pièce.

Le jour de l'anniversaire, j'ai la mission d'occuper madame Bergen, pour que la surprise puisse se mettre en place à la maison. Nous partons toutes les deux en ville, pour faire quelques courses, et je prétexte que je dois choisir un cadeau d'anniversaire pour ma mère à moi. Nous rions de la coïncidence, les dates de naissance ne sont éloignées que d'une dizaine de jours, ma mère aussi va fêter ses quarante ans. Nous en avons parlé avec Simon dans nos dernières lettres. Il avait entendu maman dire qu'elle n'était pas d'humeur à fêter quoi que ce soit. Ce qui ne m'étonne pas. Et j'imagine ma mère, mon père et mon grand frère, tous trois rassemblés en ce jour pas comme les autres, ma mère ouvrant les cadeaux que les deux hommes ont déposés près de son assiette, et soufflant les bougies en un soupir qui en dit long. J'imagine l'impossible situation, le baiser que mon père dépose sur le front de ma mère, ou peut-être sur ses lèvres s'il en est encore capable, et Simon qui baisse les yeux, qui détourne la tête afin de ne pas être le témoin des efforts que font nos parents pour donner l'illusion que rien n'a changé, alors que rien n'est plus comme avant. J'imagine qu'ayant peur de se retrouver tous les trois ce soir-là, ils invitent des amis à la maison, pour que ne leur saute pas à la figure l'équipage bancal qu'ils forment désormais, mais je ne vois pas quel ami serait assez courageux pour supporter le mensonge qui rôde dans l'appartement, associé à l'absence des deux plus jeunes enfants. À moins qu'ils ne préfèrent inviter les grands-parents et noyer le désastre de leur existence dans une mise en scène quasi officielle, empilant les strates de trois générations, celle qui s'est sacrifiée, celle qui a cru à une vie ordonnée et honnête et celle qui ne cesse de fuir. Je pense à l'anniversaire prochain de ma mère, alors que la voiture de madame Bergen franchit la porte principale de la ville fortifiée, et je me demande quel cadeau j'ai envie de lui faire, je n'ai aucune idée, ma tête est vide, d'un vide parfait. Nous passons par le bureau des Bergen, comme toujours quand nous nous rendons en ville, il y a forcément un dossier à récupérer, des messages arrivés sur le répondeur, que madame Bergen relève avec application. Nous marchons ensuite dans la rue centrale, celle qui conduit à la place du

Parlement, et nous passons sous les arcades, slalomons entre les gens qui s'attardent devant les vitrines. Nous achetons de quoi préparer le repas du soir, pour cinq personnes, madame Bergen ne se doute pas que tout est déjà organisé, puis nous entrons dans une pâtisserie où elle choisit un gâteau, tout en crème et « Marzipan » (pâte d'amandes), la spécialité de la région. Je la regarde, debout devant le comptoir, se réjouissant de l'effet que fera le gâteau, alors que très certainement elle n'en mangera qu'une ou deux bouchées. Depuis quelque temps, madame Bergen n'a pas beaucoup d'appétit, elle remue la nourriture dans son assiette avec ses couverts, elle coupe et découpe, fait de petits tas, elle chipote, mais n'avale rien. Ce sont les médicaments, a dit un jour monsieur Bergen, et j'en ai conclu que le traitement que prenait madame Bergen coupait la faim, et aussi donnait des nausées. Parce que, parfois, après le repas, elle partait aux toilettes, et nous savions qu'elle vomissait. Elle me sourit en me confiant le carton et me recommande de le porter bien droit, elle sourit et je me demande ce qui est pire : mourir peut-être bientôt en souriant, ou vivre encore sans jamais plus pouvoir sourire, je ne devrais pas comparer la vie de ma mère à celle de madame Bergen, et pourtant je ne peux m'empêcher de juxtaposer leurs deux visages, leurs deux destins, l'une privée de ses enfants et l'autre privée de ses parents. Nous marchons dans le sens inverse sous les arcades, il fait encore jour et je sens à nouveau grandir en moi la sensation qui m'avait envahie lors de la journée au Danemark, je me sens vivante, traversée par la vie des autres, concernée par les autres, je m'oublie grâce à eux. Je m'arrête devant un magasin de matériel de peinture, attirée par la vitrine. J'achète une petite boîte d'aquarelle. Je n'ai jamais tenu un pinceau mais je devine que je vais peindre quelque chose pour ma mère.

Quand nous nous garons devant la maison, il y a déjà plusieurs voitures stationnées dans le chemin. Madame Bergen semble inquiète en ouvrant sa portière, je vois bien comme elle pâlit soudain. Nous arrivons les bras chargés, c'est Thomas qui nous accueille, prend nos courses qu'il dépose dans la cuisine. Madame Bergen ne veut pas se dessaisir du gâteau, elle le garde contre elle avec insistance, comme un enfant avec sa peluche. Puis Thomas nous invite à le suivre et nous n'avons pas le choix. Nous descendons les marches jusqu'au sous-sol et une rumeur s'échappe de la discothèque. Quand nous entrons, poussées par Thomas, la lumière s'éteint et l'on perçoit des souffles retenus, une présence muette mais compacte, un tressaillement dans l'obscurité. Un petit feu d'artifice planté sur un vacherin jaillit de la pénombre et toutes les voix entonnent un « Zum Geburtstag viel Glück » (Joyeux anniversaire), les silhouettes apparaissent, de plus en plus agitées, et quelques visages se dessinent, dans le tremblé d'une lueur intermittente. Je ne sais comment fait madame Bergen pour ne pas s'effondrer quand on rallume. Tous les yeux sont fixés sur elle. Elle demeure debout dans un coin, alors qu'on la pousse au centre de la pièce, on lui offre la place de choix, on s'écarte pour qu'elle apparaisse. Mais elle ne veut pas être l'objet de tous les regards, elle baisse un peu la tête, passe la main dans ses cheveux sales et je comprends pourquoi la surprise n'était pas une bonne idée. Madame Bergen, dans ses vêtements de tous les jours, ni apprêtée ni maquillée, ressemble à une femme de quarante ans malade, alors que si elle avait su, elle aurait pris le temps de faire illusion, elle aurait mis l'une des jolies robes rangées dans son armoire, elle se serait coiffée et aurait choisi un rouge à lèvres flatteur. Madame Bergen affronte les regards, prononce quelques mots hésitants, puis invite les convives à boire un verre. On tamise la lumière et elle en profite alors pour s'éclipser, après m'avoir embarquée à ses côtés. Nous nous réfugions dans la cuisine où nous reprenons notre souffle. Madame Bergen pleure, mais ce n'est qu'une fausse alerte, elle se ressaisit et sourit franchement, elle me prend dans ses bras sans s'encombrer de mots et je sens comme tout est fragile, je sens comme une fête peut tourner au drame. Puis nous nous donnons cinq minutes pour nous faire belles, échanger nos jeans contre une tenue de soirée. Je reste figée longtemps devant la petite penderie de ma chambre, me demandant si je vais oser porter la robe orange, que j'enfile sans conviction. Le décolleté et les bras nus me gênent. Et je n'ai pas de chaussures qui conviennent. J'enlève la robe et essaie un pantalon et un chemisier noirs mais je me rappelle que c'est l'anniversaire de madame Bergen et pas son enterrement. Il faut peut-être que j'y mette un peu de bonne volonté, et me reviennent les paroles de ma mère, qui depuis mon enfance me rappelle en toute occasion mon manque de féminité. Je reste longtemps devant le miroir, incapable de prendre une décision, noir ou orange, robe ou pantalon ? Et c'est une vraie panique qui s'empare de moi, quelque chose qui m'envahit et me paralyse, je m'en veux de ne pouvoir m'affirmer simplement, comme savent le faire d'autres filles de mon âge. Je ne vais tout de même pas passer la soirée dans ma chambre sous prétexte que je ne sais pas comment m'habiller. On frappe à la porte, c'est madame Bergen qui apparaît en tenue bleu turquoise, un foulard dans les cheveux. Et je remarque soudain la beauté de ses yeux, la façon dont les larmes ont éclairci son regard. Alors je mens, je dis, pour lui faire plaisir, que j'aimerais mettre la robe orange mais que je n'ai pas de chaussures. Quelques secondes plus tard, elle est là avec plusieurs paires qui lui appartiennent, trop grandes c'est évident, mais je n'ai pas le choix. J'enfile la robe à nouveau et une paire d'escarpins dont le talon n'est pas trop haut. Nous sortons de la chambre en nous tenant le bras comme si nous étions le couple du siècle, conscientes que notre entrée est attendue. Et pour la première fois, je me sens libre, étrangement légère, libre parce que étrangère, dans une vie provisoire, sans témoin, sans passé. Sans rien à prouver. Madame Bergen est happée par ses amis, qui la regardent, la complimentent, l'entourent. Je ne sais où m'installer, que faire, à qui parler, de toute façon avec le volume de la musique il est impossible de s'entendre. Thomas est aux platines, il enchaîne des chansons démodées, des refrains allemands que je ne connais pas, et quelques morceaux que nous aimons lui et moi. Je m'installe derrière le bar et remplis les verres des invités, ce qui libère monsieur Bergen et lui permet d'inviter sa femme à danser. J'ouvre les bouteilles de bière, je verse le vin et le cocktail que nous avons confectionné avec de la vodka, j'improvise. J'aime ma position, debout et affairée, protégée par le bar. Je ne comprends pas toujours ce que veulent boire les invités, ils doivent parfois me crier dans l'oreille. Certains continuent la conversation mais c'est inutile, le son est brouillé, ce qui m'arrange. Personne ne se soucie de ma robe, dont la couleur s'estompe dans l'absence de lumière, ni de mes jambes sans collants, camouflées par le bar. Quand j'ai quelques secondes, je nettoie la banque, comme je l'ai vu faire dans les cafés, j'empile et rince les verres, j'ouvre et referme le frigidaire. Je suis presque chez moi. C'est comme si j'avais trouvé ma place. En retrait mais bien là, au poste d'observation. Voir sans être vue, position idéale. La soirée avance, la nuit s'installe et personne ne quitte la pièce. Je sers des verres et des verres d'alcool. Je bois un verre de cocktail, puis un autre. L'atmosphère devient irrespirable mais personne ne semble indisposé par la fumée, la chaleur et le volume sonore. Non, chacun vit sa vie et navigue entre le bar, les sièges et la piste de danse, chacun a inventé une trajectoire qui lui convient et entend bien fêter jusqu'au matin les quarante ans de madame Bergen. L'un des amis des Bergen vient interrompre le cours de ma petite entreprise et m'invite à danser. Je n'ose pas refuser. La musique ne me plaît pas, j'évite de regarder dans la direction de Thomas, je ne suis pas sûre qu'il m'ait aperçue. Heureusement, la piste est encombrée et les danseurs se cognent les uns aux autres. Je sens la respiration de l'homme, ses mains moites dont l'une tient mon poignet et l'autre saisit ma hanche, je sens son souffle alcoolisé près de ma tempe, je n'aime pas que son ventre soit contre mon ventre, mais il ne me serre pas, il garde la bonne distance, c'est simplement que son abdomen est très rebondi. J'ai un problème qui monopolise mon attention, et qui m'empêche de ressentir quoi que ce soit, qui me maintient dans un état de neutralité totale, j'essaie de ne pas perdre mes chaussures trop grandes et cela demande une technique et une concentration absolues. L'homme s'éloigne de moi, danse seul quelques secondes, tourne sur lui-même puis revient me chercher, je ne sais que faire pendant ce temps, je fais comme lui, j'avance et je recule, je crois que c'est un mambo, la bretelle de ma robe tombe de mon épaule, la sueur colle mes cheveux sur mon front, mes pieds se tordent dans les chaussures et je finis par être bien, inconnue parmi les inconnus. Je suis bientôt pieds nus, je me rapproche de Thomas, concentré derrière ses platines, j'oublie l'homme qui m'a invitée à danser, je bouge dans ma robe devant Thomas, je lui fais signe de se joindre à nous, je le tire par le bras, je ne reconnais pas cette fille qui n'est ni réservée ni pudique, qui bouge les épaules et le bassin, qui perd un peu son discernement. Je me dédouble et assiste au spectacle que donne cette fille, soudain frivole et légère, emportée par l'opacité de la nuit et l'insistance des basses qui résonnent dans le corps tout entier. Cette jeune Française qui danse pieds nus dans une robe orange mal ajustée, qui finit par renoncer à attirer Thomas, qui revient dans la danse à reculons, trouve les bras que lui tend monsieur Bergen, demeure un instant tout près, ne comprend pas les mots prononcés à son oreille, puis sort précipitamment vomir dans les toilettes du rez-de-chaussée.

Je poursuis la lecture de *Mein Kampf*, bien que Simon n'ait pas manifesté un grand intérêt pour ma découverte. Je me mets tout de même en tête de lui résumer ce qu'écrit Adolf Hitler, mais la lecture est si difficile qu'il m'arrive parfois de m'endormir sur l'épais volume. Je passe alors une partie de la nuit couchée près de *Mein Kampf*, le dictionnaire posé au pied du lit et la sensation qui me saisit au réveil est moche, je me demande s'il est bien utile d'en passer par là pour comprendre ce qu'ont vécu les Allemands et l'Europe entière. Je me demande si je ne suis pas la seule jeune fille sur terre à me cogner contre la violence de ces pages, alors que je devrais penser à autre chose, à la vie qui m'attend, à la chance qui m'est donnée d'être libre. J'ai comme l'impression que je suis en train de me punir. Je me sens coupable, mais je ne sais pas de quoi.

J'attends que chacun ait quitté la maison pour occuper la table de la cuisine avec mon matériel de peinture. L'anniversaire de ma mère approche et il ne me reste que quelques jours pour composer l'aquarelle que j'imagine lui offrir. Monsieur et madame Bergen viennent juste de partir, après avoir fumé plusieurs cigarettes et chargé l'espace d'un air irrespirable. Ils sont attendus pour une consultation à l'hôpital, à l'autre bout de la ville. Je dois aller attendre Susanne à treize heures, ce qui me laisse la matinée pour peindre. La lumière entre à l'oblique par la fenêtre de la cuisine, et le silence me prend d'un coup, total et obsédant, brutal dans sa façon de s'imposer. J'ouvre la fenêtre et fais coulisser la baie vitrée, je donne à la maison une chance de respirer. Je dispose sur la table les feuilles de papier à dessin, les pinceaux et la petite boîte de couleurs, sans savoir ce que je serai capable de réaliser. Je n'ai pas d'idée, pas d'envie particulière, rien de spécial à dire, seulement le désir de me rapprocher de ma mère au moment de ses quarante ans. J'imagine composer moi-même une carte, je pense à un tableau de petit format, quelque chose de modeste mais intense, presque une miniature. J'imagine inventer un dessin qui n'existe pas, une harmonie de couleurs inédite, j'ai l'idée de la surprendre, je mets la barre très haut. Il est neuf heures du matin, j'entends le chant des oiseaux qui entre par la fenêtre ouverte, la fraîcheur de l'air me gagne. Pendant quelques heures, je vais faire appel à mon énergie, mon désir de vivre, mon amour, pour que la couleur s'inscrive sur le papier, pour dire à ma mère que je pense à elle malgré l'éloignement, que j'en souffre, sans doute. Je vais exprimer avec la peinture ce que je ne peux dire avec les mots. J'y pense depuis quelques jours mais aucune phrase ne me vient. Je me demande ce que je peux souhaiter à ma mère pour ses quarante ans. Que veut dire « Joyeux anniversaire » quand la légèreté vous a quitté ? Cette formule a quelque chose d'indécent, il vaut mieux une peinture pas tout à fait réussie que quelques mots déplacés. Aussi, ma main reste en suspens au moment de peindre, parce que je me demande ce qui nous lie ma mère et moi, ce qui nous sépare, ce qui nous empêche de nous retrouver. Alors, avec tous ces doutes et toutes ces peurs, je mets du jaune et du violet sur le papier, et j'attends que l'humidité du pinceau fasse son œuvre, je trace sans maîtriser, je laisse les couleurs infuser, jusqu'à ce qu'apparaisse une silhouette, un profil, un mouvement. Je me demande quelle est sa douleur comparée à la mienne, j'essaie de me mettre à la place de ma mère mais tout se brouille. Je reste longtemps debout devant la fenêtre ouverte, je fixe un point au loin et je n'aime pas ça.

Il pleut depuis plusieurs jours. Nous parcourons le chemin chaque matin, Susanne et moi, chaussées de bottes et enveloppées dans de grandes capes imperméables. Elle marche dans les flaques alors que je les évite, elle ne semble pas dérangée par le ciel de plomb, elle lève à peine la tête, ramasse parfois une pomme de pin ou un bout de bois qui devient un bâton qu'elle me demande de rapporter à la maison. Je dépose le bâton à gauche de la porte d'entrée, dans le renfoncement, là où Thomas gare sa mobylette. Mais les bâtons s'entassent sous l'avancée du toit sans que Susanne y touche jamais. Madame Bergen se lève plus tôt que d'habitude et semble de bonne humeur malgré la pluie. Pendant quelques jours, elle est déjà dans la cuisine quand je suis de retour et je n'ose pas redescendre dans ma chambre pour lire un peu ou me rallonger, alors que le sommeil ne m'a pas quittée. Je m'assois donc à la table devant un bol de café et j'imagine que la journée sera longue et monotone, sans rien de spécial à accomplir. Je n'ai pas envie de me mettre au travail aussi tôt, chaque tâche me semble une montagne à déplacer, j'en ai assez du linge, du repassage, des escaliers que je monte et descends, du chien que je promène sans y être obligée. J'en ai assez de ma vie immobile, de mes journées à la dérive. Je n'en peux plus de la façon dont la famille m'enveloppe et me possède, m'avale pour mieux me protéger. Me fait horreur ce qui arrive petit à petit à ma conscience sans que j'aie la force de fuir. Personne ne comprendrait que je veuille échapper à des êtres si prévenants. Je sens le danger sans pouvoir le nommer, sans savoir d'où il va surgir exactement. Je sais qu'en demeurant là, je cours tous les risques, je joue avec les allumettes qui bientôt me brûleront, et pourtant je reste, je m'oblige à accomplir le temps décidé à l'avance, je ne parviens à trouver l'énergie qui me dicterait de me sauver.

C'est moi qui ai proposé que nous rendions visite au grand-père. Parce que cet homme m'intrigue. Il me semble qu'un mystère lui est attaché, auquel personne ne fait allusion. Comme s'il devait emporter avec lui la réalité de toute une vie, comme si la vieillesse et la mort permettaient de tout effacer, de nier, d'oublier. Mais la façon dont le vieil homme s'est adressé à moi le jour du déménagement, l'élégance avec laquelle il a prononcé quelques mots dans un français parfait, la détresse qui devait sans doute l'assaillir, tout cela me pousse à l'approcher de plus près. Parce que la complexité de la vie des autres m'attire, parce que j'ai besoin de comprendre comment ils luttent pour rester en vie, comment certains supportent de n'être plus qu'une mémoire, définitivement séparés de ceux qu'ils ont perdus. Lors du repas du soir, alors que le fumet du rôti se mélange à la saveur désormais familière du chou, je pose une question à propos du grand-père, puis une autre, puis avance que j'aimerais le revoir. Ma proposition ne déclenche rien. Madame Bergen se lève pour aller chercher des bières, monsieur Bergen prend le temps de mâcher et d'avaler ce qu'il a dans la bouche avant de demander à Susanne si elle termine sa tranche de porc ou s'il peut la prendre dans son assiette. Seul Thomas me regarde, qui semble avoir compris où je veux en venir, qui se demande comment le repas va se poursuivre. Visiblement chacun sait ce que j'ignore, mais personne n'est prêt à revenir sur le passé. Puis monsieur Bergen, après avoir marqué un très long temps de silence, m'invite à l'accompagner voir son père, la semaine suivante. Il doit lui rendre visite pour régler des papiers.

Nous roulons sous la pluie et la radio nous protège. Nous ne sommes pas obligés de parler. Je reconnais le port industriel, les conserveries, là où nous sommes passés avec madame Bergen le jour de mon arrivée. Les quais sont déserts, sans doute à cause de la pluie qui tombe par paquets, les lampadaires allumés en pleine journée donnent aux docks une atmosphère très dix-neuvième siècle. Nous remontons vers la vieille ville et laissons le port derrière nous. Nous garons la voiture à une centaine de mètres de l'entrée de la maison de retraite. Monsieur Bergen ouvre son grand parapluie et m'invite à me mettre à l'abri. Nous avançons ainsi, l'un contre l'autre, en prenant soin d'éviter les flaques. Nous nous présentons tout humides devant la porte du grand-père, et ce qui me choque est que monsieur Bergen entre aussitôt après avoir frappé, sans même attendre une réponse. Je le laisse avancer d'abord, n'osant le suivre dans l'intimité du vieil homme. C'est ce dernier qui vient jusqu'à moi, ouvre grand la porte et me désigne une chaise sur laquelle je peux prendre place. Je ne comprends d'abord pas grand-chose à la conversation, comme si mes quatre mois d'allemand quotidien s'étaient subitement dilués. Je ne perçois que quelques mots et j'en déduis que la langue parlée entre les deux hommes est un dialecte, ce que je n'avais pas remarqué le jour du déménagement. Peut-être parlent-ils une langue qui m'est étrangère pour que je ne les comprenne pas. Le grand-père semble bien installé, dans un studio au rez-de-chaussée, dont la fenêtre donne sur un petit jardin ruisselant de pluie. Ce qui me gêne est que son lit soit au centre de la pièce, comme si une vie entière se réduisait à un lit, celui où l'on naît, celui où l'on conçoit les enfants, celui où l'on meurt, les instants les plus intimes ainsi exposés au grand jour. Mais le grand-père est bien debout, en vêtements de ville, parfaitement sur ses jambes. Il s'excuse auprès de moi en français, il n'a pas grand-chose à nous offrir, et je réponds également en français, je lui dis que ça n'est pas grave. Il ouvre un peu plus le rideau pour que nous profitions de la vue sur le jardin, mais la buée se forme sur les vitres et nous oblige à resserrer notre regard. La situation devient rapidement intenable. Le grand-père ne sait comment nous recevoir, comment se tenir, quelle langue parler. Il reste debout dans les vingt mètres carres de la pièce, s'appuie un peu au montant du lit pour se déplacer, cherche un mouchoir pour nettoyer ses lunettes et finit par demeurer muet. Au bout de plusieurs minutes très embarrassantes, il me demande si je viens de Paris. Et pour ne pas le décevoir, pour que la conversation puisse avoir lieu, je dis que oui, j'habite Paris avec mes parents. Il veut savoir alors qui sont mon père et ma mère, ce qu'ils font, dans quel quartier nous vivons, quel est mon nom de famille. Il demande si j'ai des frères et sœurs. Il veut comprendre aussi pourquoi j'ai choisi l'Allemagne, alors que les destinations européennes ne manquent pas. Je réponds en français, invente une adresse à Paris dans le seul quartier que je connaisse, celui de Montparnasse où vit ma cousine Danielle. Je traduis des bribes de notre conversation à monsieur Bergen, gênée qu'il se sente exclu, en passant sur les mensonges, disons que je propose un résumé assez global, sans qu'affleure aucun détail embarrassant. Le grand-père me dit que Paris est la ville au monde qu'il préfère, qu'il ne s'est jamais remis de devoir la quitter, mais il ne donne aucun détail, ne livre rien. Il précise seulement qu'il est arrivé à Paris pendant l'Occupation, en tant qu'aviateur, et qu'il y a vécu quelques mois après la fin de la guerre. Je me doute que, s'il est resté en France, ce n'est pas uniquement pour la beauté du paysage. Je ne comprends pas la réalité de ce qu'il confie, n'imaginant pas à quel point il devait être impensable qu'un Allemand demeure en France après la fin de la guerre. Pendant que nous parlons, monsieur Bergen se lève et finit par sortir, comme si la conversation l'ennuyait. Ce n'est d'ailleurs pas réellement une conversation, juste quelques paroles échangées entre deux personnes qui ne sont pas à égalité, l'une qui a vécu et connaît la violence de l'Histoire, et l'autre qui en est au début du parcours, qui sait déjà tout de la violence mais rien de l'Histoire. Nous nous levons pour quitter la pièce et je propose au grand-père de s'appuyer sur mon bras. Il me dit en franchissant la porte qu'il a aimé une femme française, d'un ton qui en dit long sur l'intensité de ses regrets. Je dis simplement « oui ». Je me rends compte soudain à quel point parler français me rend vulnérable, je sens que cela me fragilise, comme si je faisais un pas de côté en direction de moi-même, comme si je recollais les morceaux. J'ai peur que le grand-père se laisse aller à l'émotion. Mais non, le vieil homme a appris, depuis tout ce temps, à ne pas se laisser submerger. Nous nous redressons l'un et l'autre, coupant court aux assauts du passé, et avançons dans le couloir, sans plus rien dire, laissant nos morts hors de portée du langage, dans une contrée qui n'appartient qu'à nous. Je me dis que comme toujours, on ne parle pas des choses importantes, on préfère jouer à deviner. Nous retrouvons monsieur Bergen dans le hall de la maison de retraite et nous nous installons autour d'une petite table. Je regarde monsieur Bergen et me dis que sa mère était peut-être française. Il sort des papiers qu'il étale sur la table, des imprimés de tailles et de couleurs différentes. Les deux hommes m'oublient alors et leur échange peut commencer, sans doute technique et chiffré. Ils reprennent la parole dans leur dialecte, je me lève et parcours la pièce où sont installées d'autres vieilles personnes, jusqu'à la baie vitrée. Puis je regarde tomber la pluie. Comme si, à dix-sept ans, je n'avais rien de mieux à accomplir.

La lettre de Simon qui arrive ce matin me redonne de l'énergie. L'état amoureux dans lequel il se trouve me fait tellement envie. J'aimerais qu'un garçon parle de moi comme il parle d'Edith. Mais depuis l'accident de Léo, je ne parviens plus à me sentir exister. Mon corps s'est comme rétracté et mes sens ont reflué si loin que la fille que je suis devenue est une autre, dont les gestes trahissent le désordre qui l'a gagnée. Depuis que Léo n'est plus là, je ne supporte pas qu'on me prête attention, je m'efforce de disparaître, je voudrais ne plus être matérielle, ne plus transporter ma carcasse, me replier dans un pur esprit, totalement invisible. Aucun garçon ne risque de s'intéresser à moi, je leur fais sans doute peur. Je ne soupçonnais pas que Léo avait, quand il était vivant, une influence aussi grande sur ma vie. On ne sait pas ces choses-là. Je pensais que j'étais naturellement insouciante et légère, et que cet état durerait éternellement. Je regardais certaines de mes connaissances, qui avaient des problèmes, des obsessions, des complexes, comme de pauvres filles infréquentables. Je pensais qu'il y avait des gens intéressants et d'autres pas, des gens séduisants et d'autres pas. Je pensais que le monde se divisait en deux catégories, ceux qui gagnent et ceux qui perdent. Je n'avais pas compris qu'on pouvait basculer de l'une à l'autre, devenir une ombre alors qu'on se sentait pleinement exister quelques jours auparavant. Et je mesure aujourd'hui combien il est difficile de rester soi, de se reconnaître, de ne pas détester la dépouille qui fait encore office de corps, de supporter la nouvelle enveloppe dans laquelle on s'est glissé, si mal ajustée. Je méprise cet enchevêtrement de lambeaux qui me définit désormais, comme si j'avais perdu des couches successives de peau, jusqu'à paraître à vif, parfaitement écorchée. Alors je relis la lettre de Simon, qui me tire vers la vie et l'incroyable bonheur d'aimer, et je ressens, instinctivement, que c'est l'endroit où j'ai envie d'aller. J'ai parcouru tous ces kilomètres pour me perdre, sans doute, mais peut-être aussi pour me trouver, pour me débarrasser de la fille que je suis devenue, sauvage et transparente, vulnérable et imprévisible, une fille tout en contradictions, quelqu'un qui s'effiloche, incapable de désirer et de choisir. Je voudrais en finir avec celle qui est allée jusqu'à renoncer à sa langue pour que la métamorphose ait lieu, celle qui a dû se débarrasser de son passé, réinventant la profession de ses parents, mentant sur la ville d'où elle vient, ne mentionnant jamais ses frères, ni le vivant ni le mort. Je voudrais, à présent que je rêve toutes les nuits en allemand, à présent que reffe a pris, que je suis devenue un personnage nyoride, à présent que je me suis immergée dans une culture étrangère, pour ne pas dire noyée, je voudrais être capable de retrouver le français, la langue que je parle au téléphone avec ma mère, celle dans laquelle écrit Simon, celle qui me liait à Léo. Je voudrais enfin être capable de secouer mes mauvais rêves, de me défaire des mots allemands qui agissent comme des cataplasmes, curieuses bandelettes qui prouvent à quel point je ne suis plus qu'une momie. Il est temps que je retrouve la fille que je suis, non pas celle d'avant, avec toutes ses attentes, mais une fille qui n'a pas peur de ce qu'elle ressent, une fille qui cesserait de fuir et qui supporterait le regard des autres. Une grande sœur qui oserait enfin pleurer.

Je voudrais rencontrer des jeunes de mon âge. Il me reste encore deux mois à vivre ici, les adultes m'épuisent. J'ai besoin d'adolescents de dix-sept ans, qui ont des problèmes de personnes de dix-sept ans, des espoirs, des peurs, des déceptions. Je voudrais rencontrer des jeunes qui vont bien, qui font du sport, organisent des soirées, écoutent de la musique fort, boivent de l'alcool, font l'amour. Des jeunes dont les journées se partagent entre les études et les amis, qui passent le moins de temps possible dans leurs familles, évitent leurs pères et leurs mères, claquent parfois les portes, s'enferment à double tour dans leurs chambres repeintes en noir. Je voudrais rencontrer des jeunes qui peuvent se payer ce luxe-là, celui d'avoir des problèmes avec leurs professeurs, avec leurs parents, avec la société entière, des jeunes qui se révoltent, le plus normalement du monde. Je voudrais leur ressembler, vivre avec eux, me fondre dans leur décor. Mais je vais en ville et je ne trouve personne, je me promène dans les magasins et ne vois personne, je prends un thé dans un *Kaffeehaus* et ne rencontre personne. Je demeure seule dans les rues du centre-ville, dans les fauteuils de la bibliothèque, et nul ne s'adresse à moi, qui pourrait m'arracher à mon destin. Est-ce cela être étrangère ? Vivre une vie parallèle, sans être désirée jamais, vivre à côté, derrière la vitre et regarder le monde qui tourne sans soi. Où sont les ieunes de mon âge ? Ils restent entre eux, dans leurs écoles, dans leurs clubs de sport, dans leurs discothèques. Ils n'ont pas besoin de moi, ils ne soupçonnent même pas que j'existe. Comment arriver jusqu'à eux ?

Est-ce que je pourrais parler de *Mein Kampf* à ces jeunes si je les rencontrais ? Est-ce que j'oserais ? N'aurais-je pas l'air de leur reprocher quelque chose quand ils ne sont pas plus responsables que moi ? Ces idées me traversent l'esprit, le soir dans ma chambre, alors que je relis plusieurs fois des phrases qui me semblent effrayantes, et que j'aimerais soumettre à d'autres jeunes. Je me demande si tous les gens qui ont acheté *Mein Kampf* l'ont lu. J'apprends, en me renseignant à la bibliothèque, que le livre s'est vendu en Allemagne à plus de dix millions d'exemplaires entre 1925 et 1945. L'État l'a même offert à tous les couples qui se mariaient. J'apprends aussi que, s'il a été traduit dans une quinzaine de langues, la version française a été falsifiée, pour que les Français ne se doutent pas des intentions d'Hitler à leur encontre. Et je me rends compte que Thomas Mann publie *La Montagne magique* une année avant la parution de *Mein Kampf*, je n'avais pas fait attention aux dates.

Je n'ai pas dit non quand Thomas m'a proposé de l'accompagner à une soirée chez Andreas, l'ami qui vient parfois à la maison, avec qui il joue de la musique. Cette fois, je n'ai pas prétexté que j'avais peur à mobylette, que j'avais du travail ou encore mal à la tête. Thomas me prête une paire de gants et un casque sans visière, j'attends qu'il mette le moteur en route et m'installe derrière lui sur la selle. Cela fait rire Susanne, que je parte avec son frère, elle est même un peu jalouse. Nous roulons le long de la forêt, la chaussée est humide mais Thomas conduit bien, suivant les recommandations de madame Bergen, qui a insisté pour que nous ne prenions aucun risque. La mobylette avance doucement, il fait encore jour et les ombres des sapins se profilent à l'horizontale, juste avant que le soleil se couche. Mes deux bras enserrent Thomas mais j'évite de l'agripper, je ne veux pas qu'il sente ma présence. Je fais comme si j'étais très à l'aise, je penche un peu dans les virages, je me laisse porter sur la route presque déserte. Nous ne croisons que quelques voitures, aux phares allumés, ici on allume les phares nuit et jour. Je suis étonnée de me sentir si bien, l'air frais me tourne un peu la tête, les accélérations du moteur m'enivrent, la présence de Thomas me rassure. Nous roulons encore quelques kilomètres, franchissons un passage à niveau, sur lequel nous manquons déraper, ce qui me fait pousser un cri, puis amorçons la dernière ligne droite, le long d'une petite rivière au courant vif, et nous nous engageons finalement dans un chemin de terre plein de cailloux et de flaques. Je lève les pieds pour ne pas être éclaboussée, enserrant toujours la taille de Thomas, prête à descendre en marche si le chemin devient trop accidenté. Nous arrivons dans la cour d'une maison alors que le soleil disparaît et garons la mobylette près d'autres deux-roues. Nous sortons les bouteilles de nos sacoches et nous présentons à la porte. Les parents d'Andreas sont là, qui nous accueillent et plaisantent avec nous dans la cuisine, ravis de recevoir chez eux une Française. Puis nous rejoignons la pièce au sous-sol où doit se dérouler la soirée et où déjà une bonne douzaine d'adolescents sont réunis. Un rapide coup d'œil me confirme que je suis la plus âgée, mais tout le monde n'est pas arrivé. Nous disposons les bouteilles de soda sur une table au fond et nous asseyons sur des bancs dans l'attente que quelque chose se passe. Le volume sonore de la musique est déjà bien poussé, ce qui nous empêche de nous parler. Je ne connais qu'Andreas et Gunther, les deux amis de Thomas. Les filles sont blondes et portent des jupes courtes sur des jambes en collants. Je me verse à boire dans un gobelet en plastique et trouve une place sur un banc, marquant le rythme de la musique avec ma jambe. Personne ne danse, il est trop tôt, personne ne parle, seuls quelques garçons rient dans un coin, debout contre la porte. Andreas fait des allers-retours entre l'étage et le sous-sol, les bras chargés de provisions. Je propose de l'aider, pour mettre fin à mon immobilité. Je parle un peu avec ses parents, je ne sais à quoi va ressembler la soirée, je suis encore pleine d'espoir. D'autres adolescents arrivent, gantés et casqués, nous nous croisons dans la montée d'escalier. Andreas règle les spots et nous nous retrouvons dans une pièce obscure à la lumière bleutée. La musique ne me plaît pas, il s'agit d'un rock assez lourd, sur lequel il est impossible de danser. D'ailleurs personne ne se risque sur la piste, chacun évolue en rasant les murs, se déplaçant d'un siège à l'autre, avec à la main un verre de bière ou de Coca-Cola. Andreas, en bon organisateur, veille à l'intendance sans se mêler à aucun groupe. Thomas semble m'oublier. Après m'avoir présentée à ses amis, il me laisse seule sur mon banc, imaginant sans doute que je suis assez grande pour conquérir ma place. Mais je ne peux rien mettre en œuvre, ni parole, ni regard, ni langage du corps, non, juste apparaître comme une ombre tremblée sous la lumière bleue, sans visage et sans sourire. Je sens que rien ne va arriver ce soir, et me saute aux yeux la distance qui me sépare de ces jeunes. Je n'appartiens plus à leur camp, plus vraiment adolescente, pas tout à fait adulte, je flotte entre deux mondes qui ne se regardent pas, deux états qui m'habitent, se superposent et s'annulent. Deux territoires qui s'affrontent et me laissent parfois sur le carreau. J'espère encore que des jeunes de mon âge se joindront à nous, mais j'ai l'impression que ce sont les copains de classe d'Andreas et de Thomas qui sont conviés, maximum quinze ans. Je me lève et me sers un nouveau verre, j'observe ce qui se passe autour de moi, comment les uns se rapprochent des autres, comment les corps s'attirent ou se repoussent. Je comprends soudain que je suis la seule que personne ne connaît, mais cela ne se voit pas, je ne sens aucun regard, aucune attention, rien, je ne sens rien. Le fait que je sois une fille pourrait intriguer certains garçons, même plus jeunes, mais non, les garçons n'ont pas l'air de s'intéresser aux filles, ils restent entre eux près de la platine disques et manipulent des trente-trois tours qu'ils sortent et remettent dans leurs pochettes. Les filles ne semblent pas non plus attirées par les garçons, je ne ressens que le partage d'une franche camaraderie, je ne retrouve pas l'atmosphère des soirées auxquelles je me rendais en France, où la principale activité était le jeu de la séduction. Depuis que je suis arrivée en Allemagne, aucun garçon ne m'a jamais envisagée comme une possible amoureuse, non, j'ai eu du jour au lendemain l'impression de ne pas exister, je me suis vue disparaître. Est-ce ma coupe de cheveux et mon côté androgyne ? Cela a-t-il commencé bien avant, sans que je m'en rende compte ? Quand a-t-on cessé de me regarder ? Quelques filles se décident à danser, secouant leurs cheveux au rythme du tempo, des garçons s'avancent aussi, plient les genoux et miment inévitablement des jeux de solos de guitare, inscrivant sur le manche des accords compliqués, l'un tombe à terre, se contorsionne en continuant de jouer virtuellement, encourageant les autres à l'imiter, et bientôt tous les garçons se métamorphosent en *guitar heroes*. Les filles s'enhardissent pour imprimer à leurs pas plus de conviction et bientôt chacun s'oublie et se dilue dans le volume sonore qui fait trembler les murs du sous-sol. Je regarde d'abord sans prendre part à la fête, puis, craignant de donner l'image d'une fille rabat-joie, je me mêle au groupe et bouge les jambes en fredonnant « Highway to Hell » d'AC/DC. Puis je bois par ennui, je n'aime pas la bière mais tente d'atteindre un état nouveau, qui me porterait comme il porte les autres. La soirée se poursuit dans un enchaînement de morceaux survoltés et je me force à rester sur la piste, sachant qu'il n'y a rien de plus à attendre de cette soirée, sûre désormais que personne ne me parlera et que je ne parlerai à personne, pressentant que je suis sans doute perdue à l'adolescence, que la page est en train de se tourner, c'est ce que je ressens en regardant les garçons qui se roulent par terre, les filles qui tirent sur leurs jupes, et les taches de soda sur la nappe en papier déchirée. Thomas ne parvient pas à démarrer sa mobylette. Je me demande s'il a trop bu mais il dit qu'il est parfaitement bien. Je prends place derrière lui et nous reprenons la route en sens inverse, dans le froid d'une nuit d'avril sans lune. Nous longeons une plantation de pins, un petit bois de bouleaux, mais la nuit est noire et j'ai peur que surgisse un animal dans les phares. Tout le monde raconte ici que les sangliers causent fréquemment des accidents. J'ai une impression de vitesse plus grande qu'à l'aller, sans doute parce que la route descend un peu. Nous franchissons le passage à niveau. Je veille à ne pas trop me coller à Thomas, mais je me retiens, j'ai envie de le serrer et de poser ma tête casquée contre son dos. Je me laisse aller, je sais qu'il ne peut rien nous arriver, je suis sûre qu'il me comprend, je sais qu'il m'aime bien. Je ne lui ai rien dit pour Léo, je me laisse aller contre Thomas qui pourrait être Léo, mais je ne suis pas idiote, je sais bien que Thomas ne peut rien pour moi, qu'il ne sert à rien de jouer à ce jeu imbécile. L'espace de quelques minutes, j'imagine cependant que je suis sur la mobylette de Léo, comme avant, quand ma mère nous criait de faire attention, les rares fois où il me déposait à l'autre bout du quartier pour mes cours de guitare. Je suis assise dans le dos de Léo et je le serre contre moi, je reconnais toutes les odeurs, celle de l'essence, celle de l'air vif saturé d'humidité, celle du bitume après la pluie, je suis installée contre Léo et pour la première fois, alors que nous glissons presque sans bruit dans la dernière descente, les larmes coulent sur mes joues et remontent vers les tempes avec la vitesse. Est-ce parce que j'ai un peu bu ? Est-ce la fatigue ? Est-ce à cause de ce que j'ai compris ce soir ? Je pleure mais cela ne fait pas mal. Ce sont nos deux corps si proches qui déclenchent cela, nos corps vivants et impatients. Quand nous arrivons à la maison, monsieur Bergen nous attend dans le salon. Nous résumons en une phrase que nous avons passé une bonne soirée, puis, incapables de parler et de rester dans la lumière du salon, nous nous séparons et allons nous coucher.

Nous accompagnons madame Bergen à la gare. Je me souviens du sol gelé à ma descente du train, quatre mois plus tôt, de l'inquiétude qu'avait déclenchée en moi tout ce blanc. La neige a fondu mais les nuages sont si bas et avancent si vite dans le ciel, le vent est si violent, que les quelques mètres que nous devons parcourir nous semblent impossibles à franchir. Il nous faut attendre une accalmie entre deux rafales pour courir jusqu'à l'entrée principale, celle qui ouvre sur le hall. C'est monsieur Bergen qui porte la petite valise. Il en prend le plus grand soin. Je me demande ce qu'elle contient. Madame Bergen semble tendue, elle ne parle pas, vérifie plusieurs fois l'heure de départ de son train. Elle tient Susanne par la main, j'ai peur que Susanne ne s'agrippe à elle et ne veuille pas la laisser s'éloigner. Thomas n'a pas voulu venir, au moment de partir il était encore couché. Monsieur Bergen est monté deux fois dans la chambre, il y a eu un échange de mots bref et sonore, que nous avons tous entendu depuis la cuisine, puis plus rien, ce après quoi monsieur Bergen est redescendu, contrarié et vaincu. Madame Bergen rend visite à ses parents, et ce petit voyage de quarante-huit heures prend une étrange gravité. Je ne comprends toujours pas tout. Une partie de la conversation dans la voiture m'a échappé, je ne sais pas s'il y a une raison particulière qui pousse madame Bergen à se déplacer, ou si c'est la fréquence normale de ses visites. Encore une fois, je suis à côté de la réalité, je fais tenir ensemble ce que j'ai cru comprendre et ce que j'imagine, ce qui donne à coup sûr une version romancée des faits. Je réinvente chaque événement en le vivant, lui donnant la justification qui me convient, j'interprète, je jongle de supposition en déduction si bien que la vie ici ne m'atteint pas vraiment, je suis en décalage, je flotte dans un monde parallèle qui m'épargne, me tient à l'écart, me préserve, mais m'assure la plus redoutable des solitudes. J'aime à penser que madame Bergen ne se rend pas souvent à l'Est, je crois que cela est assez rare, à cause des papiers, probablement, que demandent les autorités. Je m'étonne aussi qu'elle s'y rende seule, comme ayant une mission à accomplir. Jamais chez nous on ne se déplacerait seul, mes parents toujours collés l'un à l'autre malgré leur difficulté à vivre ensemble, et nous autres les enfants, immanquablement sur la banquette arrière de la voiture. J'aime penser que la vie ici est plus dangereuse que la vie en France, à cause de l'Est tout proche, du Mur et des miradors, des conséquences de l'Histoire bien visibles, alors qu'en France rien ne se voit, rien ne se dit, c'est comme si la guerre n'avait pas eu lieu. Je me demande soudain ce qu'ont vécu les miens, je me demande pourquoi on n'en a jamais parlé. Chez les grands-parents le dimanche, on regarde le sport à la télévision, le tournoi des cinq nations, l'open de tennis, on mange des gâteaux devant le grand prix de formule 1, sans laisser la moindre place à l'évocation de la guerre, ce n'est pas un sujet de conversation. Nous en plus, nous avons eu l'Algérie, mais personne n'est mort nulle part, pas de héros, juste la dépression camouflée de mon père à son retour des Aurès, et si ça se trouve, comme dirait ma mère, rien à voir avec l'Algérie, peut-être seulement le « contrecoup », comment savoir ? Un mot autour duquel nous avons longtemps tourné, mes frères et moi, le « contrecoup », au point d'avoir échafaudé une puissante mythologie, faite de tous les non-dits ramassés au fil des ans autour de la table de la cuisine. Les non-dits mais aussi les mots qui traînent, les sous-entendus, les allusions, et la petite boîte de photos enfermée dans la table de nuit de la chambre des parents. Madame Bergen est belle, je l'avais remarqué à mon arrivée, je n'ai cessé de le constater chaque jour, mais elle est plus belle encore aujourd'hui, les yeux traquant les aiguilles de la grande pendule du hall de la gare, ses yeux fatigués, l'ombre de cernes donnant à son visage sa juste touche de tragique. J'aime l'élégance de cette femme en sursis, que son mari ne lâche pas du regard, qu'il chérit maladroitement, qu'il accompagne de façon pathétique. J'aime partager les journées de ces drôles de gens perdus, dépassés de toutes parts, approximatifs, dans l'excès et la beauté de gestes sincères mais vains. J'aime et je redoute à la fois, je suis attirée et rebutée, je suis dans un drôle d'état. Madame Bergen monte dans le train, nous nous tenons près de la fenêtre, comme dans les films qui finissent mal, et nous attendons le signal du départ pour que la scène soit absolument cinématographique, pour qu'elle s'ancre dans nos mémoires. Nous assistons au départ qui porte en lui son poids d'émotion trop vive, et l'idée d'un retour hypothétique.

Mon père au téléphone n'est pas bavard. Je pense d'abord qu'il se sent obligé de me parler. C'est ma mère qui me le passe au bout de dix minutes parfaitement maîtrisées, stables et rassurantes, comme elle en a le secret. Nous parlons des vacances de Pâques qui arrivent en France, de la semaine de congé qu'elle prend, pour souffler un peu, ajoute-t-elle, enchaînant aussitôt qu'elle n'est pas spécialement fatiguée, mais qu'elle a des difficultés avec son patron en ce moment, tout va bien évidemment, mais fuir un temps les problèmes de l'entreprise ne lui fera pas de mal. Elle fait comme d'habitude les questions et les réponses, ne laissant aucune place à aucun blanc, aucune respiration, aucune possibilité de silence ou d'émotion, aucun temps mort. Elle me dit qu'elle avait pensé à quelque chose pour ses congés, qu'elle n'est pas sûre que ce soit une bonne idée, elle me passe papa, elle me laisse voir avec papa, elle refile le bébé à papa, dont j'entends la voix dans le téléphone, sans transition, je suis dans le salon des Bergen, la télévision est allumée avec trois personnes devant, les adultes et Susanne, et j'ai coup sur coup ma mère et mon père en direct, juste après le repas, alors que je n'ai pas fini de débarrasser la table, alors que Thomas aide mollement et remet au frais les fromages blancs que nous n'avons pas mangés, fermant la porte du frigidaire d'un léger coup de pied, alors que les Bergen allument chacun une cigarette et soufflent la fumée dans ma direction, j'entends la voix de ma mère, puis celle de mon père peu après vingt et une heures trente, quand le téléphone est moins cher, mon père dont je n'ai pas de nouvelles depuis des semaines, m'annonçant sur un ton presque enjoué qu'ils envisagent, maman et lui, de me rendre visite en Allemagne pendant leurs congés. Ah. Respiration. Les Bergen, qui semblent concentrés devant le petit écran, marquent un temps d'arrêt au même instant que moi, et j'imagine que ma tête, ou mon regard, ou mes gestes, ou mon tremblement en disent long sur la panique qui me gagne. Je ne sais pourquoi, c'est instinctif, immédiat, automatique, mais je coupe aussitôt l'herbe sous les pieds de mon père, je tourne le dos aux Bergen pour qu'ils ne me voient pas, ne soient pas les témoins de mon emballement confus quand j'explique à mon père que leur venue est malheureusement impossible, c'est tellement dommage, mais justement nous partons quelques jours à Berlin avec les enfants, ce sont les vacances ici aussi, oui le projet est arrêté depuis longtemps, cela fait partie de ma mission, accompagner les enfants, je ne peux me soustraire à mes responsabilités, nous devons prendre l'autocar, je donne quelques détails pour rendre crédible mon invention, je ne peux décevoir monsieur Bergen, sa femme malade sera trop affaiblie pour s'occuper de Susanne et Thomas, puis je n'entends plus mon père, je lui demande s'il est toujours là, je crois que nous avons été coupés, mais non il m'écoute m'enfoncer dans mes explications et je me demande s'il ressent mon trouble ou s'il me croit sur parole, je me demande si ce que je lui raconte ne l'arrange pas, finalement. Il n'insiste pas, ne trouve pas le moindre argument pour imaginer une autre solution, reporter le voyage par exemple, déplacer leurs congés, non, il soupire simplement que ce n'est pas de chance, cela leur faisait tellement plaisir de découvrir le nord de l'Allemagne, c'était l'occasion, mais ce n'était qu'une idée en passant, se ressaisit-il, une vague idée, l'idée de ta mère en fait, elle va être déçue, et nous raccrochons, gênés l'un et l'autre que la conversation se termine aussi piteusement, sans que nous ayons éprouvé l'évidence du désir de nous retrouver. Je demeure assise près du téléphone après avoir raccroché, percevant dans mon dos le regard des Bergen, je m'en veux de ce que je viens de faire. Je finis de ranger la cuisine et mon ventre me fait mal, tout en moi a mal. Je ne comprends pas pourquoi j'ai refusé net la proposition des parents, je me sens cruelle et coupable. J'ai honte de ce que j'ai dit à mon père, honte de l'avoir éconduit. Je me sens d'autant plus mal quand je réalise que ce voyage revêtait peut-être pour mes parents un sens particulier, il n'était peut-être que le prétexte pour qu'ils réalisent quelque chose ensemble, pour qu'ils partagent un objectif commun, quittent enfin leur appartement. Le possible commencement d'une vie nouvelle ? Mais je n'ai pensé qu'à moi, guidée par la peur, prise d'une panique soudaine, j'ai voulu me protéger encore une fois, maintenir éloignée la présence des parents, j'ai eu peur qu'ils m'utilisent pour se retrouver, peur de leurs retrouvailles en fait, de leurs efforts pour vaincre la pesanteur. J'ai dit non, simplement, pour ne pas être le témoin de leur couple. Je n'ai pu accepter la réalité de leur couple défait, je ne pourrais accepter davantage le lien qui se resserre. Je ne veux pas voir cela. Je ne veux pas qu'ils me voient. Je crains qu'ils ne me reconnaissent pas.

Je ne supporte plus de lire *Mein Kampf*, je voudrais me débarrasser du livre, je ne pense pas le rapporter en France. Je ne peux en parler à personne ici, je n'imagine pas passer la frontière avec, et Simon ne lui porte pas l'intérêt que j'imaginais. Il ne pose aucune question, ne réagit à aucun des passages que je lui transcris. Et pourtant, j'ai détaillé avec soin certains épisodes du livre, j'ai dit à Simon qu'Hitler avait perdu son père à treize ans, puis sa mère à quinze, je n'ai pas fait de commentaire, me demandant si ces faits ont eu un lien avec les hideux événements qui ont suivi. J'aurais aimé aborder la question avec Simon, mais j'admets qu'elle est tordue et qu'on a envie d'y échapper. J'ai relaté à Simon la façon dont Hitler revenait sans cesse sur les notions de « morale » et de « dignité », comme s'il en était l'unique dépositaire, nous engageant bien sûr à écouter ses paroles plus qu'à juger ses actes. J'ai raconté comment Hitler annonçait l'organisation de sa propagande, sans se cacher de rien, ce qu'il évoquait du pouvoir des journaux, prompts à manipuler les masses, ce qu'il pensait des discours, plus efficaces que n'importe quel écrit, et comment il jugeait les livres et la littérature qui ne s'adressent, d'après lui, qu'aux « niais et imbéciles des classes intellectuelles ». Je pensais que Simon, qui rêve d'être journaliste, serait avide de telles informations. J'ai raconté aussi tout ce qu'Hitler voulait mettre en œuvre pour le bon fonctionnement de « l'État raciste » dont il avait le projet, comment il voulait réformer l'éducation et les programmes scolaires afin d'instaurer ses « principes pour l'instruction ». J'ai dit à Simon pour quoi Hitler jugeait les programmes trop lourds et le nombre de matières enseignées trop important. Hitler suggérait qu'on allège l'apprentissage des langues, qu'on modifie celui de l'histoire et qu'on convertisse l'instruction civique en « instruction patriotique ». Je lui ai relaté aussi comment Hitler raconte sa lente « conversion » à l'antisémitisme. Mais Simon n'a pas l'air de réagir, je crois que sa vie est ailleurs. J'ai du mal à comprendre pourquoi je suis apparemment la seule qui cherche quelque chose dans ce livre. Je crois que personne ne veut savoir, comme si la menace du fascisme appartenait au passé. Je remets *Mein Kampf* au fond de ma valise et, même si je ne peux oublier aucun des mots que j'ai déchiffrés soir après soir, je décide pour l'instant de penser à autre chose.

L'enregistrement que vient de m'envoyer Simon est magique. Aucune musique n'a jamais eu cet effet sur moi. Je l'écoute en boucle, encore et encore dans l'obscurité de ma chambre. Le groupe s'appelle The Cure et l'album *Seventeen Seconds*. Je ne peux m'en passer. C'est une pointe dans l'abdomen qui fait du bien et qui fait mal, un miracle qui me traverse, m'enveloppe, me berce mais me précipite aussi contre un mur. Je me fonds dans la musique, comme je m'immergerais dans l'eau d'une rivière, et les apparitions sous mes paupières aveugles sont celles d'un long voyage, un voyage en train peut-être, dans les premières lueurs du jour, un déplacement sans fin, à peine rythmé par l'insistance d'une pulsation invisible. Il fait noir dans le petit matin de la musique de Cure, un noir traversé d'éclairs, de fulgurances, de retenue. Le tempo de mon cœur qui tape contre mes tempes m'emprisonne, me ligote, irradie dans tout mon corps, pour laisser place, soudain, à une luminosité inespérée, celle d'une clairière à l'herbe épaisse que je piétine de mon spleen de fin d'adolescence. J'augmente le son, et la version saturée qui arrive à mes oreilles, l'urgence de la rythmique occupent chacune de mes cellules, colonisent tous les globules de mon sang, les rouges se mélangent aux blancs et je ne suis plus qu'une masse informe flottant à quelques centimètres au-dessus de mon lit. Je me dilue, je me transforme, et la voix qui vient jusqu'à moi me concerne plus que toutes les voix connues jusqu'alors, les voix des parents et des frères, et pourtant, ce qu'exprime Robert Smith dont les mots anglais ne m'arrivent que par intermittence – *calling my name*, *somebody else*, *lost in a forest* –, son timbre lancinant, ses hésitations, sont si étrangement familiers qu'il semble avoir mis en musique mon exact état, prolongé chacun de mes membres, incarné la densité de mon trouble de fille qui n'en finit pas d'avoir dix-sept ans.

Ce matin, Susanne n'est pas bien. Nous sommes samedi et personne n'est levé. Je traîne dans le salon depuis un moment, pieds nus sur la moquette, avec mon bol de café qui refroidit sur la table basse, pendant que la pluie tombe derrière la vitre. C'est le premier jour des vacances de printemps. Naphta est couchée près de moi. Rien ne presse. J'imagine que la journée va s'étirer jusqu'au soir sans rien donner. J'ai le projet d'aller en ville acheter des piles pour mon minicassette, une crème pour le corps, et d'autres produits de fille. Susanne apparaît en haut de l'escalier, dans son pyjama dont la veste est déboutonnée. Elle tient à la main sa poupée et ses joues sont rouges comme si elle avait pleuré. Elle descend quelques marches et semble hésiter à venir jusqu'à moi. Elle remonte une marche, en descend deux, poursuivant ce petit jeu dans mon dos pendant de longues minutes. Puis elle vient s'allonger près de moi sur le canapé, rassemble ses jambes sous son menton, et on dirait une toute petite fille malgré sa taille et ses rondeurs. Susanne ne répond à aucune de mes questions, alors je la laisse et m'enferme dans le cabinet de toilette. Quand j'en sors, elle est couchée à même le sol sur la moquette et je me demande si quelqu'un va réussir à la remettre debout. Elle ne veut pas parler, ne veut pas qu'on lui parle, ni même qu'on la regarde. Quand le facteur sonne et fait un pas dans la maison, elle joue une enfant souffrant et gémissant, étalée de tout son long, bras et jambes écartés. J'ai du mal à convaincre l'homme que tout est normal, que les gens qui vivent dans cette maison sont un peu spéciaux, que la vie s'accomplit ici au ralenti, que rien de ce qu'on peut remettre au lendemain ne se fait le jour même. Je prends la grande enveloppe de papier kraft et signe le registre. Quand le facteur repart, il laisse une flaque d'eau dans l'entrée. Je passe la serpillière et me demande ce que peut contenir l'enveloppe adressée à madame Bergen, à l'en-tête d'un laboratoire d'analyses médicales. Je me demande s'il faut voir un lien entre l'enveloppe que je pose sur la table et les douleurs que mime Susanne sur la moquette. Je pourrais sortir de la maison et aller prendre l'autobus, je pourrais mettre un mot sur la table, je pourrais laisser le message à Susanne, je pourrais disparaître sans rien dire, mais j'attends patiemment que les portes du haut s'ouvrent, que l'eau coule dans la salle de bains, que le parquet du couloir craque enfin. Et en attendant, je prépare un plateau avec de la charcuterie, des feuilles de salade, du fromage que je coupe en dés. Je dispose l'assortiment sur la table. Je fais cuire quelques pommes de terre dans la cocotte et prépare une sauce avec du fromage blanc, de la ciboulette et de l'ail. Je prends Susanne par la main, nous remontons ensemble dans sa chambre et elle me raconte le cauchemar qui l'a empêchée de dormir. Il y avait un mur dans la forêt, et sa maman était derrière le mur. Elle appelait mais personne n'entendait. Je lui dis que sa maman est là, juste derrière la cloison de sa chambre et que bientôt elle va se réveiller. C'est la porte de Thomas qui s'ouvre la première. Il va pisser puis nous rejoint, les yeux encore gonflés et la marque de l'oreiller sur la joue. Il s'assoit par terre sans rien dire. Puis il lève les yeux vers moi et me demande quand je rentre en France. Il y a quelque chose de presque agressif dans sa voix. Je dis à Thomas que la date n'a pas changé, je rentre début juin, avant l'été.

C'est la première fois que nous nous retrouvons tous les cinq au supermarché. Remplir le chariot est une mission quasi impossible. J'ai peur que nous n'y passions la soirée. Il faut imaginer monsieur Bergen en statue agrippée à la barre du chariot, madame Bergen tenant le bras de monsieur, l'un et l'autre piétinant sans savoir diriger leurs pas, Susanne tirant le chariot d'un côté puis de l'autre, proposant des paquets de céréales, des desserts caramélisés, des crayons de couleur, madame Bergen ne sachant dire ni oui ni non, le plus souvent indécise, monsieur Bergen à peine plus ferme, disons qu'il semble ailleurs, pas concerné par les courses, ailleurs mais où ? Thomas s'éloigne et réapparaît par intermittence. Je tiens la liste des courses à la main, celle que nous avons préparée, madame Bergen et moi, longue et compliquée, fastidieuse mais complète.

Monsieur Bergen est là pour nous aider, à porter les packs de lait et de bière, le jus d'orange et les bouteilles d'eau. Je tente de trouver une organisation dans le magasin géant, dont je n'ai pas l'habitude, si je pouvais, je ferais les courses seule, mais les Bergen imaginent ce moment comme une promenade, comme s'il leur fallait tuer le temps. Ils stoppent le chariot à la moindre occasion, s'attardent au rayon hi-fi, comparent les magnétoscopes, après quoi madame Bergen s'intéresse aux valises et attend que son mari lui présente différents modèles de sacs de voyage, si possible pas trop encombrants, avec des poches, et des roulettes, sacs qu'elle inspecte en faisant la moue, secouant finalement la tête, pas décidée. Le chariot est toujours vide, et il faut choisir et peser les fruits et légumes, penser au thé et au café, aux gâteaux, aux surgelés, il faut acheter de la viande, de la charcuterie, du fromage et des œufs, il faut parcourir des mètres et des mètres de travées. Mais madame Bergen est fatiguée et demande à s'asseoir. Elle semble à bout de forces. C'est le moment que je craignais, je me disais depuis quelques jours que sa maladie se ressentait peu. Je doutais presque, par instants, de la réalité du diagnostic, tant le mal semblait invisible et docile, d'autant que le traitement n'a pas fait complètement tomber ses cheveux. Rien n'indique, quand on la voit, qu'elle est atteinte d'un cancer. Elle porte un foulard noué autour de la tête, de plus en plus souvent, mais je n'avais pas fait le lien avec la chimiothérapie. Le mot n'a d'ailleurs jamais été prononcé, un mot facile à identifier pourtant (« Chemotherapie »), que j'aurais repéré, à moins que, encore une fois, j'aie compris le contraire de ce qui arrive vraiment. Madame Bergen ne peut poursuivre. Il faut l'installer sans plus attendre sur un siège, ce qui n'est pas simple à dénicher dans deux mille mètres carrés d'hypermarché. Monsieur Bergen finit par l'asseoir sur les marches d'un podium dressé au rayon textile, tout près de mannequins en robes de printemps et perruques multicolores. Madame Bergen respire mal mais ne veut pas qu'on s'occupe d'elle, elle ne veut pas alerter les enfants. Monsieur Bergen reste auprès d'elle, j'emmène Susanne après avoir pris la liste et le chariot et nous parcourons le magasin au pas de course, hésitant sur divers produits, en oubliant certains, faisant en sorte de finir au plus vite sans que se voie la panique des adultes, la peur qui s'inscrit dans leurs yeux, la totale inefficacité de monsieur Bergen, sans qu'apparaissent l'urgence dans laquelle les courses s'achèvent, le passage en caisse des plus laborieux, les cartes de crédit que personne ne trouve plus dans aucun portefeuille, les clés de la voiture également disparues. Je ne sais si Susanne et Thomas ont perçu le malaise de leur mère mais personne ne dit rien pendant le trajet du retour. Je suis assise derrière entre les deux enfants et fixe la route en même temps que le compteur de vitesse qui confirme que monsieur Bergen roule au ralenti, freinant à l'approche de tous les passages protégés. Je ne sais comment il fait pour ne pas appuyer à fond sur l'accélérateur et foncer à la maison, aider madame Bergen à s'allonger et appeler un médecin de toute urgence. Je ne sais comment il supporte de se concentrer sur les détails de la circulation, de surveiller scrupuleusement les rétroviseurs, comment il peut longer la forêt en respectant la limitation de vitesse. J'admire monsieur Bergen en même temps que monte en moi une tension insupportable. Le rythme de cette famille n'est pas le mien, son tempo hors de mon temps, son sens de la survie m'est absolument étranger. Je demeure crispée sur le siège arrière, j'observe le profil de madame Bergen et j'espère de toutes mes forces que le malaise n'était qu'une fausse alerte.

Ici comme en France, le printemps est la saison des pluies. On croit que la lumière va vous bercer enfin, après le long sacrifice hivernal, la frustration du jour étranglé dès le milieu de l'après-midi, les rafales de vent qui vous laissent transi et crispé, on croit que la douceur va vous envelopper, mais la douceur annoncée n'est qu'un espoir sans cesse différé, il faut encore patienter et attendre que la pluie ait accompli son cirque. La lumière ne rentre plus par le vasistas de ma chambre tant le ciel est lourd, une infiltration de toute l'eau tombée s'écoule le long du mur, et je porte sur moi depuis quelques jours une odeur d'humidité, qui s'imprègne dans mes draps comme dans mes vêtements. Je me répète que ce n'est rien, que le printemps est là mais que je ne le vois pas encore, je me dis que c'est une affaire de quelques jours, qu'il faut tenir sans y penser, il faut enfiler le grand imperméable chaque matin en fermant les yeux, attendre Susanne à l'arrêt de la navette scolaire sous un parapluie sans chercher à guetter l'éclaircie dans la brume qui s'élève sur la forêt. Il faut vivre malgré tout, comme un petit animal encore, renouveler chaque geste sans espérer le plaisir de la chaleur retrouvée, mettre un pas devant l'autre, traverser le temps sans rien compter, et pourtant je m'accroche au calendrier, ne sachant si je suis heureuse ou inquiète de rentrer bientôt. Je m'en veux de me laisser gagner par la mélancolie que déclenche la pluie, je passe des heures blottie sous les draps, avec la musique comme seule compagne, depuis que madame Bergen, après son opération, est partie se reposer dans un établissement spécialisé. J'attends que monsieur Bergen ait quitté la maison chaque matin, après avoir pris le café et échangé quelques mots avec lui, et je redescends dans ma petite chambre, ne pouvant résister à la tentation de me glisser dans mon lit. J'entends alors la pluie qui tombe là-haut, sur le gravier de la cour, et se mélange l'odeur d'herbe mouillée à celle de l'essence, mes yeux se ferment le plus souvent et je me laisse aspirer tout entière par les voix, les guitares électriques et les synthétiseurs qui emplissent l'atmosphère de mes quelques mètres carrés. Puis, je vais attendre le retour de Susanne et je suis occupée jusqu'au soir.

Depuis que madame Bergen ne vit plus avec nous, les rôles de chacun ont changé. En quelques jours seulement, nous avons glissé vers moins de flou. Avec le vide laissé par madame Bergen, quelque chose s'est crispé et je suis devenue une femme, la femme de la maison. Je ne suis plus là comme une doublure, un personnage que l'on convoque ou que l'on congédie, à qui on demande d'arrondir quelques angles, de faire diversion face à l'ennui, non, depuis que madame Bergen dort tous les soirs sous un autre toit, le corps souffrant, je dois accomplir ce qu'une femme accomplit dans un foyer, et je sens que le regard que me portent les enfants s'est modifié, je sens leur inquiétude, pour ne pas dire leur suspicion. Avant mon arrivée, les Bergen étaient quatre, et aujourd'hui, ce sont toujours quatre personnes qui vivent dans la maison. Quatre personnes autour de la table le soir, quatre dans le minibus, quatre devant la télévision. C'est comme si madame Bergen était remplacée avant d'avoir disparu. C'est ce que je ressens, et je lutte contre ce versant naturel des choses, je me retiens de ne pas me glisser lentement dans la peau de madame Bergen, j'ai peur que, jour après jour, malgré moi je m'égare sur ce chemin qui m'ouvre les bras.

Heureusement, Thomas vient mettre un peu de piquant dans le joli tableau de famille presque recomposée qui nous guette. Sans en avoir conscience, il évite que son père et moi formions un genre de couple, un duo d'adultes forcément insupportable. Non, Thomas n'a pas envie que je lui échappe, que je change de camp et d'attitude. Il passe plus de temps à la maison, me donne un coup de main quand je prépare le repas, s'attarde à nouveau dans la buanderie quand j'étends le linge. Mais ce n'est pas tout. Ce qu'il me propose ce jour d'éclaircie est comme un cadeau, disons qu'il appelle cela une surprise. Profitant que la pluie a cessé de tomber, Thomas m'invite à prendre place à l'arrière de sa mobylette, comme le soir de la fête chez Andreas. J'enfonce le casque sur ma tête et je me laisse conduire sans poser de question. Nous roulons vers l'ouest cette fois, là où je ne suis jamais allée, nous bifurquons à gauche tout de suite après le passage à niveau et serpentons sur une route bordée de prairies luisantes d'humidité. Thomas pédale un peu dans une montée sans fin puis nous redescendons la pente en nous penchant en avant pour gagner de la vitesse. Je n'ai pas peur derrière Thomas, je suis étrangement confiante, comme si Thomas ne pouvait pas me jouer de mauvais tour. Je suis soulagée de m'éloigner de la maison, d'imaginer que quelque chose de nouveau va se passer. Thomas engage la mobylette sur une route étroite mal goudronnée, le soleil tente une percée au moment où, en contrebas, apparaît la surface d'une eau vert foncé, l'eau calme d'un petit lac perdu près d'un bois de bouleaux. Nous posons la mobylette contre le talus, enlevons nos casques et parcourons les derniers mètres à pied. Quand nous arrivons près de la rive, Thomas me dit : « Das ist der See ohne Grund. » (C'est le Lac sans fond.) « Celui qui se baigne peut faire un vœu, il se réalisera. » Je lui fais répéter pour le vœu (« Der Wunsch »), pour être bien sûre. Je ne comprends pas vraiment pourquoi Thomas a voulu que je l'accompagne. Nous demeurons silencieux, je n'ose demander à Thomas ce qu'il attend de moi. Je n'imagine pas que nous allons nous baigner dans le lac gelé. Je regarde la surface de l'eau qui ondule légèrement, et les nuages qui avancent dans le ciel, portés par un vent léger. Le soleil n'est là que par intermittence et la température extérieure ne dépasse pas les dix degrés. Je ne pense pas que Thomas soit tout à fait sérieux quand il me fait croire qu'il va s'immerger. Je m'assois sur mon casque au bord de l'eau, les pieds dans l'herbe épaisse, et regarde Thomas qui se déshabille. Je pense tout d'abord qu'il fait semblant, je crois à une comédie, un simulacre, pourquoi pas une tentative de séduction. Puis je le vois avancer pieds nus entre les joncs sans hésiter. Il ne porte qu'un slip et sa peau blanche tremble sous la lumière voilée. Il avance doucement, agite les bras et les épaules pour se réchauffer, respire fort. Il a de l'eau à mi-cuisses quand il se retourne vers moi et me demande de venir aussi. Son visage est grave, puis il sourit, il me sourit, il m'appelle, me tend les bras, il m'invite à faire un vœu. Je secoue plusieurs fois la tête, non je ne peux le rejoindre, cela me semble une folie, et je ne sais quel vœu je pourrais imaginer. Je ne peux sauver personne, Léo est déjà mort, mais ça, Thomas ne le sait pas. Je peux encore espérer pour madame Bergen, je peux sauver ma mère, et aussi mon père, et pourquoi pas moi. Thomas crie qu'il a froid, que je dois faire vite, je sens à son intonation qu'il ne plaisante pas, je sens l'urgence de son appel. Alors, sans réfléchir, je me lève, défais la ceinture de mon jean, enlève mon blouson et mon pull-over, puis je fais quelques pas vers Thomas. La sensation sous les pieds est insupportable, l'humidité de l'herbe, puis le froid et le gluant des algues, l'impression de m'enfoncer dans des centimètres de vase enveloppante, je marche avec dégoût mais ne peux renoncer, je descends dans l'eau froide et bientôt je ne me rends plus compte de rien, j'arrive près de Thomas qui me tend la main, et je saisis la main de Thomas, je ne la lâche plus, je me laisse porter par le projet fou de Thomas, tremper nos corps dans le Lac sans fond, risquer de nous laisser engloutir, de ne plus jamais réapparaître à la surface. Nous avançons encore et, ensemble, nous immergeons en poussant des cris. Nos corps sont à vif, nous courons vers la berge avec la crainte qu'un monstre ne s'agrippe à nos jambes. C'est comme si je brûlais quand Thomas me tend la serviette qu'il a emportée dans son sac à dos. Je me frictionne en claquant des dents, mon cœur est à son maximum de pulsations et je ris, sidérée de ce que nous venons d'accomplir. Je ris d'être si proche de Thomas et de partager avec lui ce secret minuscule. Je suis si bien près de Thomas que je prends peur. Je le dévisage et me rends compte, en enfilant mon pull-over, qu'il m'a à ce point troublée que j'ai oublié de faire un vœu. Oui, j'ai oublié l'essentiel, je n'ai même pas songé à faire un vœu.

Après notre baignade secrète, la vie reprend à la maison, mélancolique et sans relief, avec les visites le dimanche à madame Bergen, l'espoir qui monte et qui descend. Et toujours l'absence de paroles entre nous. Monsieur Bergen le plus souvent silencieux pendant les repas du soir, s'inquiétant à peine des enfants, Thomas qui s'éloigne après s'être tant rapproché de moi, visiblement blessé que j'envisage de rentrer en France, Thomas qui me demande un matin si je dois vraiment partir. Et Susanne, ma Susanne, petite héroïne égarée, la seule qui ose réclamer sa maman. Ce sombre épilogue aurait pu s'accomplir de la sorte pendant les dernières semaines, j'aurais pu m'enfoncer dans la culpabilité et le regret de ne pouvoir donner davantage à Thomas, alors que j'en crève d'envie, j'aurais pu passer mes jours et mes nuits à me demander si finalement je n'allais pas rester, si ma vie n'avait pas plus de sens ici que chez moi, attirée et paniquée par le désir de Thomas, j'aurais pu ainsi attendre la fin, me contentant de gérer le repassage et l'épluchage des légumes, j'aurais pu m'abandonner à une sombre inertie, renonçant même à lire, à penser, à vouloir toujours tout comprendre, si monsieur Bergen n'avait soudain dynamité le faux équilibre qui commençait à gagner chacun d'entre nous, nous quatre comme abandonnés par madame Bergen, désemparés et impuissants.

Cela arrive un soir, après que j'ai passé du temps dans la chambre de Susanne, à lire des histoires au moment du coucher, dans des albums illustrés. Après que les livres ont apporté à Susanne suffisamment de mots et d'images, suffisamment de sensations et de matière pour conjurer la peur qui la gagne jour après jour. Cela arrive après que j'ai dit bonne nuit à Thomas, sans savoir vraiment comment il va, toujours penché sur sa guitare, les cheveux de plus en plus longs et le regard brûlant. Après que j'ai dit bonne nuit à monsieur Bergen, à moitié allongé sur le canapé du salon, la télécommande de la télévision à la main, et la bouteille de whisky posée sur la table basse. Cela arrive après. Et je ne pourrai plus jamais revenir en arrière. Après cette soirée où je suis descendue dans ma chambre, où j'ai fermé la porte, où je me suis assise sur le lit, comme si j'admettais que la journée n'était pas tout à fait terminée. Comme s'il manquait une conclusion, un point final, une distorsion. Je suis adossée à la cloison, les genoux repliés devant moi, je ne fais rien de particulier, j'ai le projet d'écrire à Simon sans parvenir à trouver l'énergie de me lever pour prendre le papier à lettres dans l'armoire. Je suis là, indécise et vulnérable, j'ai sommeil mais ne me couche pas, je laisse le temps glisser sur moi, je suis immobile et j'attends sans doute que quelque chose arrive. Je pense à Thomas, mais je n'ose rien provoquer. Thomas est trop jeune, il pourrait être Léo. J'attends sans le savoir, je ne fais rien d'autre que respirer. Le téléphone n'a pas sonné pour moi depuis bientôt deux semaines, je ne compte pas les jours, mais je sais la distance qui se mesure au fond de moi, je connais l'intervalle qui sépare les paroles échangées, je connais le flottement que creusent en moi ces paroles obligées, le plus souvent avec ma mère, je sais aussi le vide qu'inflige l'absence de mots. Je suis là, sans éprouver rien, le dos contre le papier peint qui se décolle par endroits, j'entends tomber la pluie qui ne s'arrête toujours pas, la pluie de ce printemps sans fin et sans éclaircie, qui noie bientôt le chemin, fait dégorger les fossés, la pluie qui dégouline le long de nos échines frileuses, qui s'insinue sous nos peaux et dans nos têtes. Je suis là, simplement posée sur le lit, quand on frappe à la porte, j'entends la voix de monsieur Bergen qui chuchote : « Darf ich hereinkommen ? » (Est-ce que je peux entrer ?) et je ne réponds pas, je me fige soudain, je n'ai pas envie de parler, de faire des efforts, de recevoir la solitude qui l'assaille sans doute depuis le départ de madame Bergen, je n'ai pas envie d'écouter, de comprendre, de compatir, la vie des adultes ne me regarde pas, je ne veux rien entendre de leurs peines et de leurs douloureux ressassements, je ne sais pourquoi mais c'est instinctif, je voudrais me boucher les oreilles, alors je tremble, je pourrais faire semblant de dormir et ne pas ouvrir, mais je me lève, comme par devoir, par soumission peut-être, parce que, sur l'échelle de la hiérarchie, monsieur Bergen est mon patron et moi son employée, il est le dominant et moi la dominée. Il est l'adulte et moi l'adolescente. Bref j'ouvre la porte et à partir de ce moment, la pluie ne s'arrêtera plus jamais de tomber.

Monsieur Bergen s'excuse d'être là, il dit qu'il n'a pas le courage d'aller se coucher, il dit qu'il ne devrait pas, il hésite, s'embrouille et dit encore qu'il ne peut pas dormir. Je ne réponds pas, ne trouve rien d'approprié à lui répondre, d'autant que je sens bien que le whisky a fait son œuvre et que ma maîtrise de l'allemand ne suffit pas à trouver les mots qui conviendraient. Il demande s'il peut s'asseoir, juste un instant, précise-t-il, et il se laisse lourdement tomber sur le lit avant que j'aie pu donner mon avis. C'est alors que je vois les larmes sur son visage, qui rougissent et déforment ses traits déjà lourds, qui roulent jusque dans la moustache. Ses yeux me semblent étrangement brillants. Monsieur Bergen pleure et se prend la tête dans les mains, cache son visage après l'avoir montré. Son odeur emplit bientôt la petite pièce et j'ai envie d'ouvrir le vasistas pour me sentir moins près, pour qu'entre lui et moi circule un souffle d'air, mais je n'ose un geste, comme si les lieux m'étaient confisqués d'un coup, je me recule contre l'armoire et c'est le plus que je puisse accomplir, ce pas de côté, qui nous place tout de même à moins de deux mètres l'un de l'autre. Je demeure debout et lui assis, ou plutôt effondré sur le lit, et je ne sais quoi faire de la masse humaine décomposée qui se présente à moi ce soir, envahit mon espace, confisque mon air et mon intimité. Je ne sais comment respirer là où lui respire, là où lui pleure et renifle, alors je retiens mon souffle, me rétracte autant que je peux, me transforme en un escargot qui se retire au fond de sa coquille. Là où le langage pourrait me sortir d'affaire, être un allié de taille, là où les mots et leur agencement pourraient faire des miracles, là où les mots pourraient contourner, mettre à distance, faire diversion, je me trouve désarmée, autant dire désincarnée, je me sens la plus idiote des filles, n'existant que par mon corps, et non pas par ma voix, mes phrases, mes intonations, je suis comme handicapée, je ne peux, par le jeu du langage, me frayer un chemin vers une porte de sortie, je ne peux neutraliser l'humeur de monsieur Bergen, désamorcer les conséquences de son état, je n'ai rien à opposer que mon regard et mes poignets, à proposer que mes doigts ou mes cheveux. Il lève la tête vers moi, tend le bras, me prend la main qu'il garde serrée dans la sienne, et me dit combien la solitude lui est pénible. Il m'a obligée à faire un pas en avant et j'ai bougé malgré moi, je me suis déplacée dans sa direction. Au lieu de quitter la chambre sur-le-champ, de me glisser par la porte entrouverte, de mettre un terme au dérapage que risque de provoquer la situation, je reste là, parfaitement passive, je demeure en une position qui ne me ressemble pas, et je suis bientôt celle qui console, muette mais présente, résistante mais consentante, comment expliquer cela ? Monsieur Bergen garde ma main dans les siennes, la caresse un peu sans que le geste soit pour autant déplacé, mais la pression de ses mains sur ma main, la façon dont il la garde captive me donnent une mesure de son désespoir qui m'effraie. Je deviens un mannequin, un objet sans chair et sans flux sanguin, je me divise soudain en deux blocs, moi d'un côté et ma main de l'autre, absolument dissociées, et comme je ne sais comment mettre fin à cet épisode troublant, je retrouve l'usage de la parole et propose une phrase acceptable qui redonne à madame Bergen toute sa place, je demande comment elle va, comment elle se rétablit, plus de quinze jours après l'opération, mais je ne sais pas comment on dit « opération », je me doute que ce n'est ni une addition ni une multiplication, qu'il existe un mot particulier, qui dans le cas de madame Bergen serait plutôt une ablation. Alors je reste longtemps la main prisonnière des mains de monsieur Bergen, avant d'oser parler, parce qu'il me manque un simple mot pour me délivrer. Ensuite, tout est logique, monsieur Bergen cesse de pleurer, il s'excuse de sa faiblesse, je le raccompagne jusqu'en bas de l'escalier, il ne marche pas tout à fait droit et met un temps infini avant de monter à l'étage. Je regagne ma chambre, ferme la porte à clé, me laisse tomber sur le lit. Et je tremble une partie de la nuit.

Les journées qui suivent cette soirée particulière s'enchaînent et se ressemblent. Monsieur Bergen est absent du matin au soir, absorbé par son travail au bureau. Il démarre le minibus vers neuf heures. Thomas, qui a peur aussi de s'attacher à moi alors que je dois partir, en profite pour ne rentrer chaque jour qu'en fin d'après-midi, le plus souvent accompagné d'Andreas, et les garçons s'enferment longtemps dans la chambre. Susanne va à l'école presque tous les jours, mais les heures sont longues à son retour, pendant lesquelles je dois l'occuper. Le plus souvent, elle dessine sur la table du salon, ou regarde la télévision. Parfois, nous faisons de l'aquarelle. Je commence à lui apprendre le français. Quand Thomas est là, nous apprenons tous les trois. Ce sont les plus beaux moments que nous passons ensemble, les deux enfants répétant après moi des assemblages de syllabes, des phrases minuscules, leur accent me réchauffe et m'amuse. Je deviens le pivot de la famille malgré moi, accaparée, indispensable. Sans que personne m'y ait invitée. Nous rendons visite à madame Bergen en fin de semaine. La maison où elle se trouve est à près d'une heure de route, je m'assois à sa place dans la voiture et cela me fait un drôle d'effet. C'est moi qui lis la carte et indique à monsieur Bergen quand il doit bifurquer. Madame Bergen est pâle et reste alitée, il paraît toutefois qu'elle va bien, que sa fatigue est normale et provisoire. Je n'ose essayer de deviner le sein disparu sous sa chemise mais j'y pense, je ne pense même qu'à ça quand je parle avec elle. Les enfants disent quelques mots de français pour lui faire plaisir et madame Bergen sourit. Ils savent parfaitement prononcer « C'est bientôt l'été ». Monsieur Bergen consomme de plus en plus de whisky. Je me rends rarement en ville, trop occupée à la maison, je ne vais plus à la bibliothèque, où je sais que je ne rencontrerai jamais personne, je marche parfois dans les rues du centre, faussement absorbée par les vitrines. Je ne lis plus Thomas Mann, ni *Mein Kampf*. Parce qu'une autre histoire m'accapare, celle qui se déroule chaque soir désormais, une fois que les enfants sont couchés, une fois que les lumières sont éteintes à l'étage, que le chien repose sur sa couche dans la cuisine, une fois que rien ne peut nous déranger.

Quand monsieur Bergen frappe à nouveau à ma porte, quelques jours après le premier soir, je ne comprends pas ce qui se passe. C'est comme un étranger qui pénètre sur mon territoire, cet homme-là n'a rien à voir avec le monsieur Bergen que je connais le jour, discret et mesuré, prévenant, attentif mais distant. Non, l'homme qui ose franchir la porte de ma chambre après onze heures du soir est un être différent, inconnu, dont le visage et le regard sont changés, habités par une curieuse absence. Celui qui demande s'il ne dérange pas est un homme qui semble ne plus discerner ce qui est réel ou non, ce qui est possible ou pas, il avance comme un automate, quelqu'un que rien n'arrête, d'apparence fragile mais terriblement déterminé. C'est cet homme sans doute abreuvé de whisky qui sourit en même temps qu'il me regarde, ou qui grimace plutôt, fixant un point entre mes deux yeux, ou un détail de la tapisserie derrière, cet homme debout mais presque vacillant, qui me dit qu'il a besoin de moi. Cela je le comprends parfaitement, comme beaucoup de phrases désormais, « Ich brauche dich », c'est un verbe que j'aime bien, comme son équivalent anglais « I need you », oui j'aime ce verbe, je ne peux dire pourquoi, peut-être parce qu'il est à la forme directe, et non pas indirecte comme en français, obligeant à un détour maniéré et prudent. Monsieur Bergen, après avoir énoncé ces trois mots, se tient toujours debout devant moi et j'ai l'impression qu'il attend, je ne sais quoi exactement, mais il ne se contente pas de ma silhouette de cire à cinquante centimètres, qui demeure raide et figée, non, il s'approche encore, si près que je respire son haleine chargée de nicotine, bien qu'il me dépasse largement d'une tête, et son corps debout dans ma petite chambre, sa masse si épaisse et la raideur de ses mouvements, tout cela me rappelle le film *Frankenstein* vu il y a plusieurs années à la télévision avec Léo et Simon, avec nos parents aussi, le moment où le monstre s'anime dans sa gestuelle mécanique. Monsieur Bergen me prend dans ses bras, entre l'armoire et le vasistas, il me serre, mais pas trop, il s'appuie un peu contre moi, qui ne fais rien, qui attends que ça passe, qui prends conscience d'un coup que ça commence à mal tourner, que quelque chose se joue ici qui ne devrait pas avoir lieu. Moi qui n'ai pas interdit l'accès de ma chambre, qui n'ai pas encore dit non, qui n'ai pas pris la fuite. Mais l'étreinte de monsieur Bergen me cloue sur place parce qu'elle me remémore une étreinte plus ancienne, la seule que j'aie jamais connue avec un garçon, et ce garçon était Simon, le jour où Léo a eu son accident. Je ressens encore la façon dont Simon m'a serrée contre lui, mon grand frère et moi serrés comme deux chatons, puis plus rien, nous avons été incapables de nous étreindre, ou même de nous toucher, comme si ça faisait trop mal, nous sommes restés séparés.

Le soir suivant, monsieur Bergen est là, derrière ma porte, puis bientôt dans ma chambre. Il ne parle pas, ne cherche pas à me raconter une histoire, à m'amadouer. Non, il se tient simplement debout entre les murs, et sa respiration remplit bientôt tout l'espace. J'ai peur et suis attirée en même temps. Je le laisse venir vers moi, je ne m'oppose pas à ce qu'il place ses mains autour de mon cou, je pourrais éviter ce qui va arriver, mais quelque chose en moi acquiesce, inexplicablement. Je laisse les mains de monsieur Bergen toucher mes épaules, mes omoplates, puis revenir contre ma nuque, je ferme les yeux pour ne pas croiser son regard, pour ne pas me heurter à ce qui brille étrangement au fond de sa pupille.

La bouche de monsieur Bergen est entrouverte, juste au-dessus de mon crâne, et son souffle me fait horreur, son ventre massif touche bientôt ma poitrine, il pourrait m'écraser contre la cloison. Mais il reste debout sans me serrer davantage, il se contente de caresser ma peau, à la base du cou, puis ses mains parcourent mon visage, mes joues, les ailes de mon nez, mes paupières, ma bouche, et cette exploration silencieuse accélère les battements de mon cœur, j'ai l'impression d'un aveugle qui explore chacun des détails d'un visage pour en éprouver le contour. Je laisse venir les mains dans mes cheveux, qui n'en finissent pas d'en recenser chacune des mèches. Je sens ses doigts qui insistent, qui cherchent, qui tentent je ne sais quoi, je sens ses paumes qui contiennent ma tête entière, reviennent contre mes yeux, s'attardent sur ma bouche, dans l'attente peut-être d'un léger mouvement de mes lèvres, dans l'espoir, pourquoi pas, d'un baiser. Je reste inanimée, consentante mais statufiée, je deviens un objet entre les mains de monsieur Bergen, une poupée qui attend qu'on la manipule, qu'on la désarticule. Je pense à ma poupée Isa, la dernière que j'ai reçue lors d'un Noël lointain, quand rien ne clochait à la surface de la terre, quand nos vies nous jouaient de minuscules mauvais tours, comme ce 25 décembre que je ne peux oublier parce que la poupée qui parle que j'avais commandée demeurait incompréhensiblement muette. Alors que Léo et Simon déballaient, en poussant des cris, une voiture de pompiers et une panoplie d'Indien, j'appuyais en vain sur le mécanisme censé activer la parole de ma poupée, mais aucun son ne sortait de la boîte cachée dans son ventre. Je tournais la poupée en tous sens, la secouais un peu, puis tentais de comprendre quelque chose au mode d'emploi. Mais je devais me rendre à l'évidence, même après l'intervention de mon père, après les exclamations poussées par ma mère, la poupée fut incapable d'articuler le moindre son. Debout dans la chambre, dans la chaleur des mains de monsieur Bergen, j'ai l'impression d'être la pauvre poupée qui ne parle pas, vidée de sa substance, sans cerveau, sans pensée, sans volonté.

Monsieur Bergen revient chaque soir, ses mains continuent d'explorer mon visage, mes épaules et mes cheveux, qu'il caresse avec un empressement un peu fou. Nous ne restons plus debout dans l'angle de la pièce, lui respirant au-dessus de moi, mais il m'invite à m'allonger sur le lit alors qu'il demeure assis sur le rebord, parfois à genoux sur la descente de lit. Après il ne se passe rien de particulier, monsieur Bergen se prend la tête dans les mains, comme le premier soir, je crois qu'il m'oublie, mais non, il pose son regard sur moi, emmitouflée dans mon pull-over. Il est là, un peu débraillé, sa chemise dépasse de son pantalon mais il se fiche de son apparence, il ne semble pas se soucier de sa personne, sauf une fois où j'ai senti l'odeur de l'eau de toilette qu'il avait dû utiliser avant de descendre me voir. Cette fois où sa présence m'a absolument écœurée. Heureusement, la musique de Joy Division continuait de jouer sur mon minicassette, et je me réfugiais dans la voix de Ian Curtis, m'accrochant à chacune de ses intonations, fredonnant intérieurement les paroles qui disaient *I lost control* et imaginant que ces paroles étaient sans doute une mise en garde. Je me promettais de ne pas perdre pied, justement. Il ne se passe rien, monsieur Bergen est assis comme un adolescent sur la descente de lit, puis je finis par avoir froid et cela rajoute à son attention. Il me frotte les épaules pour me réchauffer et me dit que je devrais me glisser dans les draps. Monsieur Bergen ne reste jamais longtemps, il est un moment où il part précipitamment, comme s'il se sauvait, comme s'il avait peur soudain. Il approche les lèvres de ma tempe, chuchote quelques mots à mon oreille, que je n'ai jamais réussi à comprendre, quelque chose qui finit par « Nacht » (nuit), peut-être me souhaite-t-il simplement « bonne nuit », mais je devine à sa voix qu'il me dit autre chose, que ce dont il parle n'a peut-être pas de réalité, je crois entendre, un soir, qu'il parle en français, mais je pense à une erreur d'appréciation.

Je me demande si Thomas a remarqué quelque chose. Ce soir au repas, il n'était pas comme d'habitude, il n'a presque rien mangé et m'a regardée avec de l'ironie dans les yeux. Ou est-ce moi qui me sens si gênée, pour ne pas dire coupable, que je ne peux porter sur Thomas et Susanne des regards directs et francs. J'évite de m'exposer, alors je biaise, je contourne, je me lève souvent pendant le repas, je demeure longtemps dans la cuisine, je m'accroupis devant le frigidaire, fais plusieurs allers-retours, je ne tiens pas en place. Je sens dans mon dos le regard accroché des enfants, et celui de monsieur Bergen, et cela est pesant, je me sens oppressée, observée, contestée soudain par Susanne et Thomas. Mais je crois bien que je délire, les enfants ne savent rien, n'imaginent rien, ils ont d'autres préoccupations, des problèmes dont je n'ai pas idée, et un souci de taille, la survie de leur maman, ils ne peuvent être à l'affût de ce qui se passe dans ma chambre chaque soir, ils dorment profondément, ce sont des enfants, ils se réfugient dans leurs rêves. C'est ce que je voudrais croire. Comment savoir si Thomas n'observe pas les allées et venues de son père ? Thomas qui, mimant désormais l'indifférence, semble avoir renoncé à moi. Je ne sais ce qui s'est passé entre Thomas et moi au Lac sans fond. Nous avons été si heureux ensemble, si surpris de notre complicité. Nous avons pensé que vivre était simple parce que nous accomplissions quelque chose d'interdit, parce que la pluie s'était arrêtée de tomber, nous étions portés par une force inattendue et la vie autour n'existait plus. Mais la vie autour nous rattrape, nous oblige, nous soumet. J'ai peur d'aimer Thomas alors je suis brutale, peut-être que je me punis. Il faudrait faire une pause, espacer les visites de monsieur Bergen, il faudrait mettre un terme à l'engrenage fou. Il faudrait pouvoir parler, oser parler à monsieur Bergen, mais comment nommer ce que nous vivons chaque soir, comment lui faire comprendre le danger pour ses enfants. J'en veux à monsieur Bergen, c'est lui l'adulte, lui le père, lui qui est responsable. Je ne sais quelle place me revient dans cette histoire. Je suis celle qu'on utilise, mais qui n'est pas innocente, celle qui se voudrait prudente mais qui consent. Je sais au fond de moi que je ne suis pas victime, je n'aime pas la fille qui permet ce qui arrive, je ne la reconnais pas, elle me dérange. Et pourtant cette fille-là existe en moi, n'est-elle qu'un double qui s'incarne entre onze heures et minuit ? Une excroissance qui émane de moi, une prolifération de cellules mauvaises ? Je ne suis pas tranquille, j'avance sur une voie dangereuse, je laisse advenir quelque chose qui me dépasse, je sais que le chemin sera accidenté, je sais que je me perds, mais je ne peux rien arrêter.

Voici à quoi ressemble ma vie à quelques mois de mes dix-huit ans : un pays étranger, une langue étrangère, un homme étranger, mes parents étrangers, mon frère Léo dont l'image s'éloigne, mon frère Simon qui m'échappe, et moi, un corps étranger. C'est ce que je me dis le matin au réveil, quand je ne parviens pas à poser un pied par terre alors que la lumière entre depuis longtemps par le vasistas. C'est ce que je ressasse quand je marche près de Susanne le long de la voie ferrée. C'est peut-être cela l'expérience du deuil ? Un vertige d'étrangeté.

Monsieur Bergen n'espace pas ses visites. Je ne pense pas tenir encore longtemps. C'est lui qui décide de tout, prend en main chacune des scènes qui se déroulent dans la chambre. Il me caresse quand il entre, la nuque, les bras, le visage, il embrasse mon cou, je ferme les yeux pour ne pas que son regard fou me perturbe. Puis il parle, cela a commencé il y a peu, un jour de grande tempête alors que le vent sifflait par le vasistas mal isolé. Il dit une première phrase, en roulant fortement les *r* si bien que je ne comprends rien, ce qui est parfait, je n'ai pas envie de comprendre, je n'ai pas envie de sentir son souffle, sa voix mouillée, ses hésitations, sa respiration entre deux mots. Il poursuit sur un ton monocorde, et je me demande si ces phrases sont une demande, s'il attend quelque chose de moi. Je n'y décèle pas d'interrogation, non, ce qu'il dit m'échappe, peut-être utilise-t-il le dialecte qu'il parle avec son père ? Il poursuit cet étrange monologue, et je demeure allongée, à plat ventre cette fois, c'est ce qu'il a voulu, et je me retiens de ne pas m'endormir, je suis spécialement fatiguée ce soir-là, je ne suis pas sûre d'avoir envie de poursuivre ces rencontres d'un drôle de type. Monsieur Bergen se retire de ma chambre, comme toujours, précipitamment, et j'entends ses pas qui remontent lourdement l'escalier. Je ne sais s'il s'arrête au salon pour boire un dernier verre. Je me glisse sous les draps, et je suis aussi épuisée que si j'avais couru des heures, c'est tous les soirs la même sensation, après le départ de monsieur Bergen, je me sens vidée et moche, mais indispensable.

Puis il est une soirée où tout bascule, où je comprends ce que dit monsieur Bergen, subitement tout est clair, je comprends chacune de ses formulations, mais je ne retiens qu'un enchaînement de mots, celui qui désigne la robe orange que m'a donnée madame Bergen, la robe que j'ai portée le soir de son anniversaire, je ne retiens que la prière de monsieur Bergen m'invitant à enfiler la robe orange sur mon corps frileux. Il n'a pas besoin de répéter, et pourtant il réitère sa demande plusieurs fois, il est comme un enfant qui attend de sa mère qu'elle accède à son caprice, alors je me lève, je me tourne vers l'armoire, j'enlève la robe du cintre sur lequel elle repose et je me glisse dans les plis du tissu. C'est lui qui attache les boutons sur mon buste, lentement, avec les doigts qui tremblent. Pendant ce temps, je compte les jours, dans ma tête, qui me séparent de mon retour en France. Les soirs suivants, monsieur Bergen me demande d'enfiler la robe, et je m'exécute comme un petit robot. Je lève les bras, les passe dans les emmanchures, ajuste le tissu sur mes hanches, puis monsieur Bergen assemble les boutons sur le devant. Je suis pieds nus et la situation est ridicule, monsieur Bergen me prend dans ses bras, et chaque fois j'ai peur, j'avance un peu plus dans l'appréhension de ce qui arrive, une peur compacte me parcourt et m'envahit tout entière, une peur qui gagne mon ventre et empêche ma gorge de respirer. Alors que monsieur Bergen cherche ma peau sous le tissu, je me dis chaque soir que cette fois sera la dernière, parce que le jeu est trop compliqué, je crains que monsieur Bergen ne quitte pas la pièce et que l'épreuve ne dure toute la nuit. Mais je n'empêche rien, je suis intriguée, incapable de dire non, fascinée par l'intérêt que me porte monsieur Bergen. Mais est-ce bien moi que monsieur Bergen caresse ? Je me déteste et j'ai froid.

La lettre de Simon arrivée ce matin tient en une seule page. Il va droit au but et m'annonce qu'il est sur le point de quitter la maison. Il projette de vivre avec Edith et de ne pas poursuivre ses études, ce que je sentais arriver depuis plusieurs semaines. Il ne fait qu'une brève allusion aux parents et je parviens tout de même à comprendre que leur relation n'a pas changé, toujours aussi fragile et coupable. Il me parle du travail qu'il espère pour l'été, du père d'Edith qui l'intègre dans son entreprise, il voit l'avenir comme la plus simple des équations, avec de l'amour, de la liberté, de l'argent. Il voit l'avenir comme une porte ouverte, une possibilité de devenir un homme. Pas tout à fait l'homme qu'il rêvait d'être, mais il ne semble pas faire la différence, il ne voit qu'Edith, il oublie qu'il avait des projets, celui de devenir journaliste, de rédiger des phrases pour rendre compte du monde, en donner sa version, il disait rêver d'objectivité, il voulait évidemment refaire le monde en l'écrivant, il avait ça au fond de lui, une force et une fougue rares, l'envie de s'adresser aux gens, de leur parler de lui peut-être aussi, un désir qui je l'espère n'est pas anéanti. Il me dit qu'il s'en va mais qu'il n'a encore rien dit aux parents, qu'il a besoin de savoir quand je rentre. Et je comprends que Simon attend tout de moi, je mesure le pouvoir que j'ai à présent. Je dois rentrer pour qu'il puisse partir à son tour, je dois occuper la place qu'il occupait, redevenir l'enfant de mes parents. L'enfant unique dans l'appartement trop grand. Comment Simon peut-il me mettre face à cette responsabilité ? Comment peut-il ne penser qu'à lui ? Est-ce l'amour qui fait cela ? J'aimerais demander à Simon qu'il vienne me chercher, il pourrait venir me sauver, m'arracher aux mains de monsieur Bergen.

Mais mon histoire allemande n'est pas tout à fait terminée. Il reste une dernière soirée, une ultime épreuve. J'hésite à enfiler la robe orange avant que monsieur Bergen n'entre dans la chambre. Je voudrais devancer son désir mais quelque chose me retient. Je ne veux pas lui ôter le plaisir, sans doute, de diriger chacun de mes gestes. Je n'ose pas davantage de complicité, je fais la différence entre collaborer et me soumettre aux ordres. Il y a des limites à ne pas dépasser. Monsieur Bergen reprend le fil là où nous l'avions laissé. Il recommence à parler dans une langue que je comprends, en allemand tout d'abord, quelques mots paisibles sur un rythme lent, puis il poursuit, en français cette fois, il n'y a pas de doute, il prononce une phrase entière en français, debout tout contre moi. Puis, évitant mon regard, il continue de parler en tenant doucement mes poignets, et je détourne la tête, je ne veux plus rien entendre, je me rétracte. Je me mets à claquer des dents, figée dans la robe orange, j'ai froid soudain et je pense au lit qui m'attend en France, aux couvertures de ma chambre d'enfant sous lesquelles je voudrais disparaître. Je pense à ma poupée Isa remisée dans un coin, à mon bureau devant la fenêtre, ma petite bibliothèque avec les livres lus au lycée, *La Montagne magique* sur l'étagère du haut, *L'Étranger* d'Albert Camus, *Le Dépeupleur* de Samuel Beckett, je passe en revue chacun des livres étudiés en cours, pendant que monsieur Bergen s'adresse à moi en français, j'essaie de n'en oublier aucun, *Le Grand Troupeau* de Jean Giono, *W ou le souvenir d'enfance* de Georges Perec, je revois le papier peint avec de grosses fleurs marron, le miroir devant lequel j'ai saccagé mes cheveux, *Le Jeu de l'amour et du hasard* de Marivaux, *Les Mains sales* de Jean-Paul Sartre, *Enfance* de Nathalie Sarraute, je revois le poster de Mick Jagger et Keith Richards épinglé au mur, pendant que monsieur Bergen est là qui parle dans ma langue, avec un fort accent, j'examine tous les détails de la chambre qui m'attend, ma petite chaîne en or dans le coffret de buis, la montre de Léo dans le tiroir du bureau, j'énumère ce qui me relie à ma vie d'avant, j'essaie de ne pas me laisser traverser par les mots de monsieur Bergen. Puis il me propose de m'asseoir sur le lit, il finit par calmer la panique qui me gagne, il me dit qu'il prendra le temps, que nous avons toute la nuit, qu'il voudrait parler, simplement. L'histoire de monsieur Bergen est aussi une histoire avec le français, je l'avais deviné, mais je n'imaginais pas qu'il avait gardé en mémoire la langue de sa mère. Il me dit qu'il parle français depuis qu'il est enfant, que c'est son père qui lui a enseigné le français, jour après jour, dans le petit appartement où ils ont emménagé à Hambourg à leur retour de France. Comme je ne pose pas de question, assise sur le lit près de monsieur Bergen, il poursuit en fixant l'armoire en face, précisant que sa mère est morte alors qu'il avait quelques jours, qu'il n'en a gardé aucun souvenir. Il ne dit pas comment elle est morte, je ne veux l'imaginer. Sa mère était une de ces femmes tondues à la Libération, qui a trahi, a aimé un soldat allemand, a osé lui faire un enfant. Une de ces femmes qui a invité un Allemand à vivre sur son sol, en se cachant bien sûr. Il marque une longue pause. Il dit qu'aucune autre femme n'a vécu à la maison après, et que la langue au quotidien était le français, son père était d'une exigence folle, il ne supportait plus l'allemand. Il n'a pas voulu s'installer en France après la fin de la guerre, il a pensé au Danemark où les gens étaient moins suspicieux, mais il aurait fallu se déraciner encore et les deux hommes sont restés près de Hambourg, le père de monsieur Bergen travaillait comme employé dans une compagnie maritime d'importation, comme Hans Castorp, le personnage de *La Montagne magique*, monsieur Bergen le rejoignait à l'entrepôt en rentrant du sport après l'école. Il n'a pas eu de frères et sœurs, il est resté seul dans l'appartement. Au terme de ses paroles, je suis prise de vertige à l'idée que monsieur Bergen a compris tout ce que j'ai pu dire à voix haute en français depuis bientôt six mois. Je ne me suis pas méfiée, il a été le témoin de mes conversations téléphoniques, le soir avec ma mère, il a pu mesurer mes mensonges, mes petits arrangements, il a pu apprécier chacun de mes jurons émis avec les enfants, il a dû se demander quelles étaient ces chansons, tristes et niaises, que je composais pour Léo devant la table de repassage. La présence de monsieur Bergen, et ce qu'il vient de me confier, tout cela me plonge dans un état de profonde mélancolie, je ne suis pas loin de le plaindre, je suis tout attendrie, je me sens mollir et je me retiens de ne pas me confier à mon tour. J'ai envie de lui dire, pour Léo, me laisser aller à cette complaisance-là, chacun notre mort, un pied d'égalité enfin, mais quelque chose m'empêche de rejoindre monsieur Bergen dans le partage de la douleur, quelque chose me dit que nous ne pouvons mêler nos morts et nos manques. J'ai honte, en fait, de la mort de mon frère, une mort ordinaire, qui ne s'inscrit pas dans l'Histoire, une mort qui ne signifie rien, un drame intime, dont personne n'est responsable. Un événement minuscule qui n'est pas un symbole, ne me confère aucune appartenance, ne me permet de défendre aucune cause. Je me sens minable, presque coupable de ne pas être du côté des victimes de l'Histoire, mais seulement privée d'un frère mort stupidement dans un accident de mobylette. Alors je reste silencieuse, je garde pour moi ce que personne ne peut partager, je reste avec la mort de Léo et me revient en mémoire ce que j'ai entendu pendant les semaines qui ont suivi l'accident : que ça va passer, qu'avec le temps la douleur va s'estomper, que c'est surtout difficile pour mes parents, perdre un enfant est la pire des choses, oui rien ne peut arriver de pire, c'est ce que disaient les gens, la famille, ceux qui savent, les voisins croisés dans la cage d'escalier, je surprenais parfois l'une de ces conversations et le ventre me brûlait d'entendre des mots aussi cruels. La perte d'un frère n'est rien mesurée à celle d'un enfant. Et puis, si l'on compare l'accident de Léo avec la Seconde Guerre mondiale, la folie d'Adolf Hitler, l'existence de *Mein Kampf*, les chambres à gaz, les femmes tondues, la construction du Mur, si l'on met dans la balance la mobylette de Léo qui a dérapé sur la chaussée glissante et les millions d'êtres humains emportés par la violence du nazisme, il y a de quoi sourire. Je me demande s'il y a différentes sortes de douleurs. Mon mort à moi n'est pas un héros, ni même un salaud, sa mort n'a aucun sens. Il n'y a rien à raconter. Alors je ne peux que me taire, et vivre en silence l'absence de mon petit frère. Entendre monsieur Bergen me parler français me fait du bien, c'est comme si je pouvais redevenir moi-même, retrouver mes facultés, me sentir à nouveau de plain-pied dans mon histoire. Les forces me reviennent, quelque chose se détend en moi, après que je me suis crispée, le sang qui avance à nouveau dans mes veines me redonne le goût de la nuance et de la résistance. Je n'ai pas besoin de chercher mes mots, quand monsieur Bergen me propose de m'installer pour la nuit dans sa chambre à l'étage, je sais quoi lui répondre quand il me suggère de dormir près de lui dans la chambre des parents. J'ai eu peur, quelques jours plus tôt, de devenir une autre, de prendre la place et la peau de madame Bergen, j'ai cru que j'allais basculer dans un état dont on ne revient pas. Mais ce soir, je me sens libre et mon langage est clair. Je demande à monsieur Bergen de sortir, en français, je me tiens debout face à lui, subitement sûre de moi. Plus rien n'est compliqué, je l'invite à me laisser seule. Et la simple évidence de la parole retrouvée, les sons qui sortent à nouveau de ma bouche, me font l'effet d'une libération. Je vais avancer mon départ de quelques jours, serrer Thomas et Susanne une dernière fois dans mes bras. J'espère que la vie sera douce avec eux. Ils vont me manquer.

Pour l'éditeur, le principe est d'utiliser des papiers composés de fibres naturelles, renouvelables, recyclables et fabriquées à partir de bois issus de forêts qui adoptent un système d'aménagement durable.

En outre, l'éditeur attend de ses fournisseurs de papier qu'ils s'inscrivent dans une démarche de certification environnementale reconnue.

Ce volume a été composé
par I.G.S.-CP à L'Isle-d'Espagnac (Charente)

Cet ouvrage a été imprimé en France par
CPI Bussière
à Saint-Amand-Montrond (Cher)
pour le compte des Éditions Stock
31, rue de Fleurus, 75006 Paris
en octobre 2009

N° d'édition : 04 – N° d'impression : 092912/4
Dépôt légal : octobre 2009
54-51-6346/8